Piégé
dans le corps d'une star!

BIOGRAPHIE

Todd Strasser a fait ses débuts dans la presse écrite, puis il s'est mis à écrire régulièrement des nouvelles pour la radio et la télévision. À deux reprises, il a reçu le prix des librairies, American Library Association's Best Book for Teens. Ses ouvrages ont été traduits en une dizaine de langues.

TODD STRASSER

TRADUIT DE L'AMÉRICAIN
PAR YANNICK SURCOUF

EELH003113
Piégé dans le corps d'une star! /

DEUXIÈME ÉDITION
BAYARD JEUNESSE

Titre original
Help ! I'm trapped in a movie star's body !
© 1997, Todd Strasser
Tous les droits réservés. Reproduction, même partielle, interdite.
© Illustration de couverture, 1997, Wayne Alfano
© 2000, Bayard Éditions Jeunesse
pour la traduction française avec l'autorisation de Scholastic Inc.
© 2001, Bayard Éditions Jeunesse
Dépôt légal janvier 2001
Loi n° 49956 du 16 juillet 1949
sur les publications destinées à la jeunesse

ISBN : 2 747 003 15 9

Tous droits réservés. La loi du 11 mars 1957 interdit les copies ou reproductions destinées à une utilisation collective. Toute représentation ou reproduction intégrale ou partielle faite par quelque procédé que ce soit sans le consentement de l'auteur et de l'éditeur est illicite et constitue une contrefaçon sanctionnée par les articles 425 et suivants du Code pénal.

AVERTISSEMENT !

Que tu aimes déjà les livres ou que tu les découvres,
si tu as envie de rire, la série **délires** est pour toi.

Attention, lecteur !
Tu vas pénétrer dans un monde excitant,
où l'humour et la fantaisie te donnent rendez-vous
pour te faire rigoler et peut-être pleurer...
mais de rire !

1

– Et maintenant, un bras roulé à l'aveuglette ! annonçai-je.
Mes amis Josh Hopka et Andy Kent me regardèrent comme si j'étais fou. On jouait au basket dans la cour de l'école avant le début des cours.
– Un bras roulé à l'aveuglette ? répéta Josh, goguenard. Dans tes rêves !
– Attends de voir…
Je tournai le dos au panneau de basket et envoyai la balle… qui entra directement dans le panier. Comme toujours quand je réussis un truc,

j'esquissai un petit pas de danse.
– Incroyable ! grogna Andy avec une mine dégoûtée.
– Hé, les gars ! Vous connaissez la grande nouvelle ? cria soudain Alex Silver en arrivant au pas de course.
Alex est avec nous en classe. Il est sympa, mais un peu pénible parfois.
– Jack vient de réussir un tir impossible, dit Josh.
– Non, c'est autre chose, dit Alex. De toute façon, vous ne trouverez jamais…
Ah oui ? On releva aussitôt le défi.
– L'oiseau-mouche est le seul animal à sang chaud qui vole en arrière ? tenta Josh.
– Non…
– La science a enfin trouvé pourquoi on sent des pieds ? hasarda Andy.
– Non plus.
– Les cannibales ne mangent pas de clowns parce qu'ils ont un drôle de goût ? dis-je, tentant ma chance.
Alex me lança un regard ahuri :
– Quoi ?
– Oublie ça, fit Josh avec un haussement

d'épaules. Alors, c'est quoi, ta grande nouvelle ?
— Ils vont tourner un film ici, à Jeffersonville ! annonça Alex, très excité.
— Qui ça : ils ? demanda Josh.
— Ceux qui ont fait la série des *Démangeaisons mortelles*.

Démangeaisons mortelles était une suite de trois films d'horreur avec dans le rôle principal Eric Lake, un adolescent supermignon qui faisait craquer toutes les filles. Dans chacun de ses films, Eric Lake se retrouvait couvert des pieds à la tête par des insectes grouillants.

— Pourquoi voudraient-ils faire un film ici ? s'étonna Andy.
— On ne sait pas, répondit Alex. Mais Julia Sax a parlé hier avec quelqu'un de la compagnie de production.
— Et alors ? demanda Josh d'un air blasé.
Alex sursauta :
— Vous ne trouvez pas ça génial ?
— Tu sais, tant qu'on ne joue pas dedans…, intervint Andy.
— C'est sûr, approuva Josh. Ils n'emploient que des acteurs professionnels. Et il y aura sûrement un

service d'ordre musclé pour nous tenir à l'écart.

– Il a raison, Alex, admis-je. Au début, ça paraît bien. Mais quand tu y réfléchis, c'est plutôt nul.

Les épaules d'Alex s'affaissèrent d'un coup :

– Je n'avais pas pensé à ça, soupira-t-il, franchement déçu.

Driing !

La sonnerie du début des cours retentit à cet instant.

– Désolé de briser tes rêves, Alex, dis-je en lui tapotant l'épaule. Mais aucun de nous ne deviendra célèbre.

2

On se fichait complètement de ce tournage, mes amis et moi. Mais le reste de l'école était d'un autre avis. Même les profs se retrouvaient à l'interclasse pour en parler avec animation.
Le midi au réfectoire, il n'était plus question que du film d'Eric Lake.
– Je ne vois pas ce qui les excite autant, grogna Josh.
– Franchement, renchérit Andy, tout ce bruit pour un navet...
Amber Sweeny déposa son plateau à quelques

sièges de nous. Amber est la fille la plus mignonne et la plus sympa de notre classe.

– Vous connaissez la dernière ? nous lança-t-elle. Ils vont prendre des élèves de notre école comme figurants.

– Des figurants de quoi ? demanda Andy.

– Des figurants pour le film, banane ! répliqua Amber. Tu sais, les gens qu'ils emploient quand ils ont besoin d'une foule qui marche dans la rue ou qui s'enfuit devant un monstre.

– Des gens de notre école ? répéta Andy, interloqué.

– Impossible, déclara Josh.

– Je t'assure, insista Amber. La mère d'Amanda Gluck, qui travaille à la *Gazette de Jeffersonville*, a reçu un appel. La compagnie de production voulait passer une annonce pour rechercher des figurants.

Josh et Andy échangèrent un regard et s'écrièrent :

– On va être célèbres !

Ils bondirent dans l'allée du réfectoire et se mirent à danser en improvisant un rap :

« C'est génial, c'est super, on va être acteurs !

Attention, les cocos, on va faire un malheur !
C'est délire, c'est extra, convoquez les médias !
C'est géant, c'est trop top ! Bonjour, la starmania ! »

– Hé, les gars ! intervins-je.

Mais Josh et Andy étaient trop occupés à fêter leur future carrière de stars.

– Ho ! Les gars ! criai-je plus fort.

Toujours rien.

– Hé ! Les blaireaux ! aboyai-je.

Ils s'arrêtèrent enfin de danser :

– Qu'est-ce qu'il y a ?

– Je croyais que vous vous fichiez de ce film, persiflai-je.

– C'était avant de savoir qu'on jouerait dedans, expliqua Andy.

– Ouais, approuva joyeusement Josh. Maintenant, c'est génial !

– On aura une limousine ! s'exclama Andy.

– Un jet privé et une piscine, renchérit Josh.

– Un entourage ! lança Andy.

– Un quoi ? demandai-je.

– Vous ne savez pas ce que c'est ?

Josh et moi secouâmes la tête.

– Toutes les stars en ont un, dit Josh d'un ton savant. Vous n'avez jamais lu des articles à propos d'untel et de son entourage ?
– C'est quoi, alors ? demandai-je.
Josh haussa les épaules :
– Je pensais que vous saviez.
– C'est peut-être un vêtement chaud ? suggérai-je.
– Ou des animaux de compagnie, se lança Andy. Les stars en ont souvent. Je parie qu'un entourage est une meute de petits chiens.
– Alors on aura des entourages ! s'écria joyeusement Josh.
Et ils se claquèrent dans les mains.
– Attendez, leur dis-je. Les figurants ne jouent pas la comédie. Ils n'ont même pas de texte à dire. Ils font seulement partie de la foule.
– Oui, mais c'est un début, répliqua Andy.
– Absolument, approuva Josh. Tu commences par être figurant, et ensuite très rapidement tu fais des téléfilms.
– Et tu as ta propre série, ajouta Andy.
– Et tu joues dans des vrais films, renchérit Josh.
– Et ensuite ? demandai-je en levant un sourcil.
Andy me fit la grimace comme si la réponse s'im-

posait d'elle-même :
– Ensuite, tu es une star, tête d'œuf !
– Tu es riche et célèbre, ajouta Josh.
– Millionnaire.
– Milliardaire !
Et ils se remirent à danser et chanter entre les tables :
« C'est génial, c'est extra, terminé les devoirs !
Et à nous les sorties, on va être des stars !
Une piscine, un avion, un entourage français !
Un manoir, un château et un golf privé !
À nous la Porsche, la Benz et la Ferrari rose !
Un voilier, un paquebot et un tas d'autres choses ! »
– Un peu de silence, les garçons ! leur intima soudain une voix derrière nous.
C'était M. Blanco, le proviseur. Il était accompagné de deux inconnus. Il y avait une grande femme aux cheveux plaqués en arrière, entièrement vêtue de noir. L'autre était un grand blond avec une chemise hawaïenne et un pantalon blanc. Un appareil photo pendait autour de son cou. Le temps était à la pluie, mais ils portaient des lunettes de soleil.

– Faites comme si nous n'étions pas là, nous dit le proviseur.

Josh et Andy échangèrent un regard... et se remirent à chanter :

– C'est génial, c'est trop top !

– Hé ! cria M. Blanco. Je vous ai demandé d'arrêter !

– Et aussi de faire comme si vous n'étiez pas là, rétorqua Andy.

– Euh... oui... Sans doute, bredouilla le proviseur. Mais calmez-vous quand même.

Josh et Andy retournèrent s'asseoir. Pendant ce temps, les mystérieuses personnes aux lunettes noires dévisageaient les élèves. Le silence se fit dans le réfectoire. Enfin, la femme me désigna, et le grand blond me prit en photo. Puis ils quittèrent la pièce sans autre explication.

Dès leur départ, une foule d'élèves s'agglutina autour de notre table.

– Eh ! Qu'est-ce qu'ils voulaient ? demanda Amanda Gluck en me secouant fiévreusement.

– Ils n'ont rien dit.

– C'est évident, railla Alex Silver. Ils cherchaient un beau spécimen de cancre, alors ils ont pris Jack.

– C'est peut-être pour les figurants ! hasarda Josh, plein d'espoir.

– Alors, pourquoi avoir passé une annonce dans le journal ? rétorqua Amber.

Je regardai mes copains avec une moue perplexe. Ce que voulaient les personnes aux lunettes noires était un mystère.

3

Je retrouvai Josh et Andy devant nos casiers à la fin des cours. On allait partir quand M. Blanco m'interpella depuis son bureau :
– Jack ! Tu peux venir un moment, s'il te plaît ?
– Oh-oh ! Prêt pour le savon ? railla Andy.
– Qu'est-ce que tu as encore fait ? chuchota Josh.
– Je n'en sais rien, cette fois ! Partez devant, on se retrouve plus tard.
Je rejoignis M. Blanco, m'attendant au pire. Mais il ne semblait pas fâché. Au contraire, il me souriait un peu niaisement. Il me fit entrer dans son bureau.

Les-personnes-aux-lunettes-noires s'y trouvaient, mais cette fois, elles n'avaient pas de lunettes.

— Bonjour, Jack, dit le grand blond en me serrant la main. Mon nom est Drew De Mille, et voici Rita Picky. Tu as compris, je pense, que nous venons d'Hollywood ?

Je fis signe que oui.

— Bien, reprit Drew. Assieds-toi. Nous aimerions te parler.

J'allai m'asseoir. Qu'est-ce qu'ils me voulaient ? Je ne connaissais rien au métier d'acteur. Je ne faisais même pas de théâtre à l'école.

— Jack, comme tu le sais, nous sommes venus à Jeffersonville pour tourner un film.

— *Démangeaisons mortelles 4* ? demandai-je.

— Pas exactement, répondit Drew. Mais quelque chose d'approchant.

— Ce film parlera de collégiens comme toi, ajouta Rita Picky.

— Les productions Kicoûte sont les meilleures de toutes, affirma Drew. Pour cela, leurs acteurs ont certains devoirs.

— C'est bien ! approuva subitement Blanco. Il faut toujours faire ses devoirs !

Drew et Rita lui décochèrent un regard meurtrier, et le proviseur se tut. Drew se tourna vers moi :
– Tu sais, Jack, un acteur doit parfois se mettre dans la peau du personnage qu'il veut interpréter.
– La peau ? répétai-je sans comprendre.
– Il le suit comme son ombre pendant plusieurs jours, expliqua Rita. Il observe comment il vit, pour mieux l'imiter ensuite.
– Il le suit où ?
– Partout.
– À la maison aussi ?
– Partout, répéta Drew.
Ils gardèrent le silence pendant un moment, sans doute pour que je me fasse à cette idée.
– Alors, cela te gênerait d'être suivi comme une ombre, Jack ? me demanda Rita.
– Moi ? lâchai-je, estomaqué.
Quel intérêt pouvais-je avoir pour une vedette de cinéma ?
– Je… je ne sais pas, bredouillai-je. Je dois d'abord en parler à mes parents.
– Bien entendu, approuva Rita. Et si on les rencontrait ce soir ?

4

— Les enfants, rouspéta ma mère comme nous passions à table, il faudrait ranger un peu vos affaires ! Je travaille toute la journée, et je dois recommencer à peine rentrée. Ce n'est pas très sympa de votre part !
— Vous savez qu'on va tourner un film à Jeffersonville ? lança Jessica pour changer de sujet.
— Pourquoi ici ? demanda mon père.
— Personne ne sait, répondit Jessica. C'est la compagnie qui a réalisé la série des *Démangeaisons mortelles* avec Eric Lake.

– Ah oui ! dit ma mère. Celui qui est très mignon.
– Ils vont bloquer la circulation et faire du raffut toute la nuit, grogna mon père. On ne pourra pas dormir tranquilles.
– C'est génial, au contraire ! répliqua Jessica avec enthousiasme. Il va y avoir plein de stars et de producteurs en ville.
– Je ne veux rien avoir à faire avec ces gens-là, se renfrogna mon père.
La sonnerie de l'entrée retentit à cet instant.
– Qui est-ce ? s'étonna ma mère en jetant un coup d'œil sur la pendule de la cuisine.
– Ce sont les producteurs, annonçai-je.
Mon père me sourit :
– Elle est bonne, celle-là, Jack !
– Pas vraiment, répondis-je.
J'allai ouvrir. C'était Drew De Mille et Rita Picky.
– Tu as parlé à tes parents ? me glissa aussitôt Rita.
– Euh, je crois que vous devriez le faire vous-mêmes.
Je les précédai jusqu'à la cuisine et fis les présentations. Ils s'assirent en face de mes parents.
– Que pouvons-nous faire pour vous ? demanda mon père.

Drew lui expliqua leurs intentions.

– Vous voudriez que nous laissions un inconnu se promener dans notre maison et vivre avec nous ? dit mon père en fronçant les sourcils.

Rita Picky esquissa un sourire :

– Eric Lake n'est pas vraiment un inconnu…

– Eric Lake ! s'exclama Jessica en bondissant de sa chaise.

– Jamais entendu parler, grommela mon père. Et vous croyez que je vais laisser ce type observer mon fils comme un vulgaire cobaye ?

Dans son dos, Jessica joignait les mains et suppliait ma mère d'accepter.

– Je suis désolé, reprit mon père. Mais je ne vais pas…

– … Refuser une offre aussi extraordinaire, finit ma mère.

– Quoi ? fit mon père en lui lançant un regard étonné.

– Chéri, notre fils a été choisi parmi tous les enfants de l'école. C'est un honneur. On ne peut pas dire non.

Elle se tourna vers Rita sans laisser à mon père le temps de répondre :

– Et que faudrait-il faire exactement ?

– Eric pourrait loger dans votre chambre d'amis, expliqua Drew. Lui et Jack iraient ensemble à l'école, prendraient le dîner en famille…

– Le dîner en famille, murmura Jessica, les yeux dans le vague.

Mon père la toisa d'un air navré.

– La décision est prise, fit ma mère.

– Quelle décision ? protesta mon père.

– Ça sera une magnifique expérience pour nos enfants, conclut ma mère. Nous acceptons.

Rita sembla très contente. Elle annonça qu'Eric Lake arriverait à Jeffersonville le samedi dans la soirée, et qu'il resterait chez nous dimanche et lundi.

– Nous aimerions vous demander une faveur, intervint Drew. Eric Lake attire les foules. Nous aimerions beaucoup que sa visite reste secrète.

– Comptez sur nous, assura ma mère. Personne ne dira rien.

– Magnifique, dit Rita en se levant. On reste en contact.

Je raccompagnai Rita et Drew jusqu'à la porte d'entrée. Quand je regagnai la cuisine, mes parents avaient disparu. Mais Jessica était pendue au téléphone.

– Tu ne devineras jamais qui va venir chez nous! criait-elle. Eric Lake!

– Bravo pour la discrétion, dis-je.

Ma sœur raccrocha, rouge d'excitation:

– J'ai fait promettre à toutes mes amies de garder ça pour elles! Tu imagines, Jack? Eriiic Lake!

– La belle affaire, fis-je en me tapotant la joue.

Jessica me regarda comme si j'étais un martien:

– Enfin, Jack! C'est la plus grande star au monde!

– C'était la plus grande star, rectifiai-je. Son dernier film a fait un bide.

– Ce truc de Shakespeare? grimaça-t-elle. C'est vrai, c'était nul. Mais c'est quand même la vedette des *Démangeaisons mortelles*. On loue les cassettes rien que pour lui.

– Pas moi!

Jessica leva les yeux au ciel:

– Normal, idiot. C'est un truc de fille.

5

Le lendemain, Josh et Andy m'attendaient devant la maison.
– Qu'est-ce que ça sent ? demandai-je en fronçant le nez.
Une odeur de parfum bon marché flottait dans l'air.
– C'est « Magie d'un soir », ma nouvelle eau de toilette, annonça fièrement Andy.
– Eric Lake en fait la pub à la télé, m'apprit Josh. J'ai dit à Andy d'en mettre un peu, pas de prendre une douche avec.

– Désolé, Andy, mais ta magie sent les égouts, lui balançai-je.
– C'est toi qui le dis, répliqua-t-il, piqué au vif. Eric Lake prétend que ce parfum est un piège à filles.
– Qu'est-ce qu'on fait? demanda Josh. On va à l'école à pied ou on prend le bus?
– Allons-y à pied, décidai-je. Andy pourra sécher en chemin...
– Au fait, qu'est-ce que te voulait Blanco, hier soir? me demanda Josh pendant le trajet.
– Euh... rien. Il voulait voir ma mère pour une histoire d'assurance scolaire, dis-je, mal à l'aise.
Je déteste mentir à mes amis!
On arrivait à peine devant le collège quand une voix s'écria:
– Ça y est! Le voilà!
Dans la seconde qui suivit, une meute de filles se rua vers nous en poussant des hurlements stridents.
– Qu'est-ce qui se passe? s'alarma Josh.
– C'est mon nouveau parfum! s'exclama Andy. Je vous l'avais dit: les filles en sont dingues!
Mais en s'approchant elles se mirent à crier:

– Jack ! Jack !
Andy me regarda de travers :
– Tu ne portes pas « Magie d'un soir », toi ?
Je secouai la tête. Manifestement, les copines de Jessica n'avaient pas su tenir leur langue.
Amanda Gluck fut la première à nous atteindre.
– Où est Eric ? me pressa-t-elle.
– Il n'est pas là, poupée, répondit Andy en bombant le torse. Mais moi oui !
– Toi, on s'en fiche ! répliqua Amanda avec une grimace. Jack, où est Eric Lake ?
– Pourquoi te demande-t-elle ça ? s'étonna Josh.
Avant que je puisse répondre, une armée de bras me tendit des albums d'autographes et de photos :
– S'il te plaît, Jack, demande à Eric de signer ça pour moi !
– Jack, est-ce que je peux venir chez toi pour le voir ?
– Jack, dis-lui que je l'aime !
Nous étions encerclés. Des filles poussaient, d'autres tiraient. Elles nous avaient coincés et on ne pouvait plus bouger.
– C'est quoi, ce délire ? hurla Josh, qui se débat-

tait au milieu de la foule de fans déchaînées.
– On applique le plan évasion ! ordonna Andy.
Josh désigna aussitôt l'arrêt de bus :
– Le voilà ! C'est lui !
Toutes les têtes se tournèrent en même temps.
– Où ça ? demanda Amanda.
– Là ! Il entre dans le réfectoire !
La foule s'envola vers la cafétéria comme un essaim d'abeilles. Une fois au calme, Josh se tourna vers moi, le sourcil froncé :
– Je suis sûr que tu as quelque chose à nous dire…
Je poussai un profond soupir et leur racontai ce qui s'était passé dans le bureau du proviseur.
– Eric Lake va vivre chez toi pendant deux jours ? s'exclama Andy. Et tu nous as caché ça ?
– C'était censé être un secret, plaidai-je.
– Bonjour la confiance ! grogna Josh.
– Ouais, acquiesça Andy d'un air mauvais. Jessica l'a raconté à toutes ses copines, elle.
– Elle n'aurait pas dû ! insistai-je.
– Alors ? Il arrive quand ? demanda Josh.
Je détournai la tête en ronchonnant.
– Tu ferais mieux de nous le dire, menaça Andy.

C'est le minimum que tu puisses faire, pour te racheter auprès de tes meilleurs amis.
— Bon, d'accord, cédai-je. Il arrive samedi soir.
— Parfait, dit Josh avec un large sourire. Nous y serons.

6

Bien que ma mère ait déclaré détester faire le ménage, elle et Jessica passèrent le samedi à récurer la maison. Elles firent même des trucs bizarres comme laver tous les rideaux ou lessiver les plafonds.

Mon père avait dû se rendre à son bureau ce jour-là. Lorsqu'il rentra, il resta bouche bée sur le seuil du salon.

– Qu'est-ce qui s'est passé ici ?

– Nous allons avoir de la visite ! hurla ma mère pour couvrir le ronflement de l'aspirateur.

— On a déjà reçu du monde, lui rappela mon père. Mais tu n'avais jamais nettoyé les rideaux.

— Ce n'étaient pas des stars ! répliqua Jessica, qui astiquait la table basse.

— J'ai parlé de cet Eric Lake à mes collègues du bureau, reprit-il. Vous savez pourquoi il a eu le rôle principal dans *Démangeaisons mortelles* ?

— Parce qu'il est incroyablement beau et que c'est un acteur fabuleux, répondit Jessica.

— Ce n'est pas ce que j'ai entendu, objecta mon père. Il a eu le rôle parce que c'était le seul qui acceptait d'être couvert de cafards.

— Ça prouve bien que c'est un grand acteur, insista Jessica.

La sonnette de l'entrée retentit soudain. Ma mère arrêta l'aspirateur.

— C'est déjà lui ? s'alarma-t-elle.

— Je vais voir, dis-je.

— Attends ! hurlèrent en chœur ma mère et Jessica en se ruant à l'étage.

— Qu'est-ce qui leur prend ? demandai-je.

— Tu ne crois pas qu'elles vont accueillir Eric Lake habillées comme des souillons ! dit mon père.

J'allai ouvrir. C'étaient Josh et Andy.

– Il est arrivé ? demanda Josh en regardant par-dessus mon épaule.

Je secouai la tête et les fis entrer.

– Fausse alerte ! hurla mon père dans l'escalier.

Ma mère et Jessica réapparurent sur le palier, armées de leurs brosses à cheveux. Au même instant, un coup de klaxon retentit dans la rue.

– Qu'est-ce que c'est encore ? grogna mon père.

Il regarda par la fenêtre et sa mâchoire tomba d'un coup.

– C'est quoi ? demandai-je.

– Une péniche ! souffla mon père.

J'allai voir. Je n'avais jamais vu une limousine aussi longue !

– Oh, la vache ! C'est lui !

Ma mère et Jessica disparurent à nouveau dans leurs chambres.

– Allons-y ! hurla Josh en se précipitant au-dehors.

Andy et moi nous élançâmes à sa suite. Une limousine blanche était garée le long du trottoir. La porte arrière était entourée de petites lumières. Un homme en uniforme gris sortit du véhicule et alla ouvrir la porte du passager.

L'intérieur de la voiture était tapissé de velours rouge.

Alignés comme à la parade, mes amis et moi attendions qu'Eric Lake fasse son apparition.

Rien…

– Vous êtes Jack Sherman ? demanda le chauffeur.

– Oui…

– Qu'est-ce que vous attendez ? demanda-t-il.

– Eric Lake !

– Il n'est pas là. Il faut aller le chercher à l'aéroport.

– Alors, pour qui est la limousine ? m'étonnai-je.

Le chauffeur sourit et ôta sa casquette :

– Mais pour vous, monsieur !

– La classe ! hurla Andy.

– Allons-y ! s'écria Josh.

Nous nous engouffrâmes à l'arrière de la limousine. Dedans, il y avait deux téléphones, une télé couleur et un frigo rempli de boissons. Une vitre fumée nous séparait du chauffeur. J'appuyai sur un bouton, et elle descendit lentement.

Le conducteur me regarda dans le rétroviseur.

– Vous vous appelez comment ? demandai-je.

– Charlie.

– On a le droit d'utiliser tous ces trucs ? demanda Josh.
– Faites comme chez vous ! lança Charlie.
Génial ! Andy distribua les sodas pendant que j'allumais la télé. On se vautra dans les fauteuils.
Nous atteignîmes trop vite le petit aéroport de Jeffersonville. Charlie engagea la limousine sur la piste.
– Comme dans les films ! s'exclama Josh.
– Dommage que les copains de classe ne puissent pas nous voir, dit Andy.
Dans le rétroviseur, je vis Charlie qui esquissait un sourire. Il gara la limousine. Andy chercha la poignée pour ouvrir.
– Attendez ! nous intima Charlie.
– On ne peut pas sortir ? s'étonna Josh.
– Si, mais c'est à moi de vous ouvrir la portière.
Nous nous retrouvâmes bientôt sur la piste déserte. Au-dessus de nos têtes, le ciel était parsemé d'étoiles. Soudain, le vrombissement d'un réacteur se fit entendre, et un petit avion blanc entama sa descente. Il se posa, et, arrivé en bout de piste, il fit demi-tour pour nous rejoindre.
– Incroyable ! souffla Josh, franchement impressionné.

La porte du jet s'ouvrit sous nos yeux médusés et un escalier se déploya automatiquement.

Rita Picky sortit la première. Ensuite vint une femme musclée aux cheveux blonds très courts et un homme maigre avec une queue de cheval noire.

– Qui sont ces gens ? demanda Josh.

– L'entourage de M. Lake, nous apprit Charlie.

– Où sont les chiens ? demanda Andy en tendant le cou.

– M. Lake n'a pas de chiens, répondit Charlie.

– Ben… vous dites que c'est son entourage.

– Quel rapport avec les chiens ? s'étonna Charlie.

Je jetai un coup d'œil à mes copains.

– On pensait qu'un entourage, c'étaient des chiens, avouai-je.

Charlie eut un petit rire.

– Un entourage, ce sont les personnes qui voyagent avec la vedette et prennent soin d'elle, nous expliqua-t-il.

Un colosse en costume sombre apparut à la porte de l'avion. Il avait le crâne lisse comme une boule de billard et il portait une barbe en collier. Son cou était aussi épais qu'un tronc d'arbre, et ses

épaules étaient si larges qu'il avait du mal à passer par la porte de l'avion.
– Ouah ! Ça, c'est un garde du corps ! s'exclama Josh.
L'homme scruta les alentours, puis il se retourna et hocha brièvement la tête.
Alors, Eric Lake apparut enfin.

7

Eric Lake était plus petit que dans ses films, mais on ne pouvait pas s'y tromper, c'était bien lui : mignon et bronzé, il avait une longue mèche noire qui lui balayait le front. Il la rejeta en arrière avec ce geste machinal qui fait craquer toutes les filles.
Il lança un coup d'œil sur le paysage et commença à descendre les marches.
Entre-temps, son entourage nous avait rejoints. Rita Picky sursauta en apercevant mes copains :
– Qui sont-ils et qu'est-ce qu'ils font là ?

Josh ne me laissa pas le temps de répondre et s'interposa en bombant le torse :

– Et vous ? On peut savoir qui vous êtes ?

– Je suis Rita Picky, l'agent d'Eric Lake, répondit-elle, dédaigneuse.

Elle désigna la blonde et l'homme au catogan :

– Et voici Marge Peck. Elle est l'entraîneuse personnelle d'Eric et elle lui fait répéter ses textes. Herb L. Fern est son nutritionniste et styliste personnel.

– Moi, je suis Josh Hopka, l'agent personnel de Jack Sherman.

Il se tourna vers Andy :

– Et voici Andy Kent, son... euh...

– Meilleur copain personnel, acheva Andy à sa place.

– Salut, tout le monde ! lança soudain une voix enjouée.

Eric Lake s'était approché de nous. Je pus voir qu'il portait dans la main droite un coquillage.

– Prêts à partir ? demanda-t-il.

Le garde du corps et Charlie avaient terminé d'entasser une tonne de valises dans le coffre du véhicule. Tout le monde prit place dans la limousine, qui d'un seul coup devint moins spacieuse. Eric caressait tendrement son coquillage. La limousine passa sur un nid de poule, et tous les passagers furent un peu secoués.

– Tu sais, Eric, tu n'es pas obligé de le faire, dit Rita. Tu as déjà joué des adolescents avant ce film. On perd deux jours de tournage à cause de ce caprice.

– J'y tiens beaucoup, Rita, répondit Eric, gentiment mais avec fermeté.

Quelque chose de rougeâtre sortit soudain du coquillage que tenait Eric. Je vis deux yeux et deux longues antennes. Puis des pinces se déployèrent lentement.

Eric se pencha et parla d'une voix douce :

– Ne t'inquiète pas, Frédérick. Tout se passera bien.

Je regardai mes amis du coin de l'œil. Eric Lake, le célèbre acteur mondialement connu, débarquait à Jeffersonville avec un crabe de compagnie !

8

Un peu plus tard, la limousine s'arrêta devant chez moi. Toutes les lumières étaient allumées. À travers une fenêtre du rez-de-chaussée, j'aperçus ma mère qui terminait des rangements de dernière minute. À l'étage, ma sœur achevait de se coiffer.
Tout le monde sortit de la voiture et se dirigea vers la maison.
– Eriiic !
Une fille venait de surgir de derrière un buisson du jardin. Elle se précipita vers la star. Aussitôt, le

garde du corps l'intercepta gentiment et l'emmena un peu plus loin.

– Vous avez vu ça ? murmura Josh. Il n'a même pas réagi. On dirait que ce genre de choses lui arrive tout le temps.

– C'est sûrement le cas, chuchota Andy.

Ma mère vint ouvrir :

– Soyez les bienvenus. Je suis très heureuse de…

Rita Picky entra sans même lui accorder un regard. Quelques instants plus tard, nous étions tous rassemblés au salon. Rita Picky regardait autour d'elle d'un air dégoûté. Manifestement, elle était de mauvaise humeur. Eric Lake se tenait dans un coin et caressait son crabe de compagnie. Ma mère semblait très embarrassée. Elle tordait nerveusement ses mains :

– Euh… Mademoiselle Picky. Je pensais que M. Lake serait tout seul. Je n'avais pas imaginé qu'il y aurait autant de monde. Je ne sais pas si je vais pouvoir vous loger tous.

– Ici ? répliqua Rita Picky avec dédain. Mais vous n'y pensez pas !

Des pas résonnèrent soudain dans l'escalier. Tout le monde tourna la tête et Jessica fit son apparition. Elle était maquillée, coiffée, et portait sa plus jolie robe. Elle s'arrêta au milieu des marches et prit une pose de starlette.

Eric Lake lui accorda à peine un regard et se tourna vers ma mère :

– Puis-je voir ma chambre, Madame Sherman ?

– Bien sûr. Vous devez être fatigué après ce voyage. C'est là-haut.

Ma mère précéda tout le monde et chacun passa devant Jessica sans lui prêter la moindre attention. Son entrée, qui se voulait fracassante, retomba comme un soufflet.

C'était marrant de voir tous ces gens entassés sur notre minuscule palier. Ma mère et Eric entrèrent dans la chambre d'amis. L'entourage se regroupa aussitôt sur le seuil. La pièce était meublée uniquement d'une armoire et d'un petit lit d'une personne avec une couverture de coton blanc.

– Eriiic ! Eriiic !

Deux filles hystériques venaient de faire irruption sur le palier. Elles nous bousculèrent et tentèrent un passage en force dans la chambre. Mais le garde du corps les intercepta, en prit une sous chaque bras et les raccompagna dehors sans un mot.

– Par où sont-elles entrées ? s'étonna ma mère.
– Pas par les escaliers, dit ma sœur.
– Elles sont passées par les fenêtres, réalisai-je.
Rita toisa mon père avec un regard noir.
– Écoutez-moi bien ! dit-elle sèchement. Si vous voulez qu'Eric Lake reste ici, il va falloir assurer une meilleure sécurité ! C'est bien compris ?
Puis se tournant vers la star :
– Eric, mon chou. Arrête tout, s'il te plaît. Le planning du film a été modifié. Nous n'avons plus le temps de nous amuser.
Eric alla s'asseoir sur le lit :
– Ça ira, Rita. J'aimerais me reposer maintenant.
Tout le monde quitta la chambre et l'imposant garde du corps prit place devant la porte, bras croisés.
L'entourage d'Eric Lake redescendit les escaliers en file indienne et se regroupa dans l'entrée.
– Tout est prévu en cas d'incendie ? demanda Marge Peck.
Rita fixa mon père d'un air sourcilleux :
– Les issues de secours sont bien signalées ?
– Eh bien... Il y a la porte d'entrée et celle de la cuisine qui donne sur le jardin, répondit-il.

Rita roula des yeux effarés, comme si elle trouvait ça incroyable.

– D'accord, soupira-t-elle. Nous reviendrons demain matin.

Et elle quitta la maison, suivie des autres, sans dire au revoir.

– Bon débarras, marmonna Jessica en les regardant s'éloigner.

Mon père bâilla à s'en décrocher la mâchoire :

– Bien... C'était très intéressant. Maintenant, je vais me coucher.

Il se tourna vers ma mère :

– Tu viens ?

– Dans un instant, dit-elle. Je vais préparer de la pâte à crêpes pour le petit déjeuner.

– Mais, maman ! intervins-je. Mais tu ne fais jamais de crêpes au petit déjeuner.

– Je ne reçois jamais d'acteurs célèbres non plus, répondit-elle en se dirigeant vers la cuisine.

Mon père et Jessica montèrent se coucher. Je restai avec mes amis.

– Plutôt surprenant, commenta Andy.

– Maintenant, écoute-moi, Jack, intervint Josh.

Tu vas demander à Eric Lake de nous trouver un rôle dans le film, d'accord ?
– Quoi ? dis-je, pris au dépourvu.
– Tu dois le faire, me pressa Andy. C'est la chance de notre vie pour avoir une limousine.
– Et un avion privé, ajouta Josh.
– Et un entourage, poursuivit Andy.
Josh fit la moue :
– Je m'en passerai facilement.
– Ouais, tu as raison, approuva Andy. On oublie l'entourage.
– Je ferai de mon mieux, dis-je en étouffant un bâillement. On se voit demain…
Ils rentrèrent chez eux, et je montai à l'étage. Le garde du corps d'Eric Lake était toujours en faction devant la chambre d'amis. Il était si volumineux que je dus raser le mur pour rejoindre la mienne, qui se trouvait juste à côté. Une fois à l'intérieur, je collai l'oreille à la cloison commune et écoutai. Tout était silencieux. Mais j'imaginais fort bien Eric Lake, assis sur son lit, caressant gentiment son crabe.
Je ne voudrais pas vexer les nombreux fans de la star, mais il faut être sérieusement fêlé pour se balader partout avec un crabe appelé Frédérick.

9

À mon réveil, le lendemain matin, j'entendis un bruit de vaisselle en bas. Ma mère devait déjà s'affairer aux fourneaux. Le garde du corps était toujours devant la porte. Il n'avait pas bougé depuis la veille. Je le contournai et descendis les escaliers. Une odeur alléchante s'échappait de la cuisine. Arrivé sur le seuil, je marquai un temps d'arrêt : Josh et Andy étaient assis à table.
– Qu'est-ce que vous fichez là ? demandai-je.
– Ce n'est pas grave, chéri, me dit ma mère. J'ai préparé de quoi nourrir un régiment.

La sonnerie de la porte d'entrée retentit soudain. J'allai ouvrir. C'était Marge Peck, l'entraîneur personnel d'Eric.

– La salle est au sous-sol ? demanda-t-elle.

– Quelle salle ?

– Vous n'avez pas de salle de gymnastique privée ? s'étonna-t-elle.

Je secouai la tête.

– Comment faites-vous pour vous entraîner, alors ?

– On joue au basket ou au foot, répondis-je.

– Il y a un vieux vélo d'appartement et quelques haltères à la cave ! cria ma mère depuis la cuisine.

– On fera avec, fit Marge en haussant les épaules.

Elle monta chercher Eric. La sonnerie de l'entrée retentit à nouveau. Cette fois, c'était Charlie, le chauffeur.

– Mmm, quelle bonne odeur ! dit-il en se rendant à la cuisine.

Il se remplit une assiette d'œufs, de bacon et de crêpes et se mit à table. Josh et Andy allèrent se resservir.

Jessica arriva ensuite. Elle était tirée à quatre épingles.

– Depuis quand tu vas à la messe? lui murmurai-je à l'oreille.
– Tu ne comprends pas que c'est peut-être la chance de ma vie? chuchota-t-elle.
– La chance de ta vie pour quoi?
– Tu sais... avec Eric.

Je la contemplai, stupéfait. Ma sœur n'espérait tout de même pas séduire Eric Lake?
Mon père entra dans la cuisine. Quand il vit le festin qu'avait préparé ma mère, il sourit, ravi.
– On devrait inviter des stars plus souvent!
Il alla prendre place à table, avec Jessica, moi, Josh, Andy et Charlie le chauffeur.
Eric Lake fit son entrée une demi-heure plus tard, suivi de Marge Peck et de son garde du corps. Il était en tenue de gym, avec une serviette autour du cou. La sueur perlait sur son front. Dès qu'il apparut, le silence se fit dans la pièce.
– Mmm! Ça sent rudement bon! s'exclama-t-il en nous décochant son fameux sourire.
Ma mère rougit de plaisir. Eric et Marge remplirent leurs assiettes et passèrent à table. Le seul à ne pas manger était le garde du corps. Il se planta derrière Eric, bras croisés. Jessica se mit à

minauder et mes copains me lancèrent des clins d'œil entendus. Qui aurait pu imaginer que nous allions prendre le petit déjeuner avec une star de cinéma ?
– Eric ! Malheureux ! Qu'est-ce que tu fais ?
Herb, le nutritionniste, venait de faire irruption dans la cuisine. Il transportait une glacière de pique-nique. Il se rua sur Eric et s'empara de son assiette.
– Je pensais que ça faisait partie de mon rôle, dit calmement Eric. Si je me mets dans la peau d'un collégien, je mange comme un collégien.
– Tu fais ce que tu veux, répondit Herb. Mais, tant que je serai ton nutritionniste, tu mangeras comme un être humain. Regarde ce que je t'ai préparé...
Il ouvrit la glacière et sortit un bol en plastique.
– Une bonne salade de soja et blanc d'œuf sur un lit de laitue craquante.
– C'est un petit déjeuner, ça ? demanda Andy.
– Oui ! Si on veut vivre plus de quatre-vingt-dix ans ! répliqua Herb.
– Qui voudrait vivre quatre-vingt-dix ans en mangeant ça ? marmonna Josh.

Bang ! La porte d'entrée claqua, et Rita Picky fit à son tour irruption dans la cuisine.

– On peut me dire pourquoi il y a une foule de groupies dehors ?

Andy alla soulever le rideau de la fenêtre. La rue était bondée.

– Je vous avais pourtant demandé de garder le secret ! aboya Rita en nous foudroyant du regard.

– C'est impossible avec une limousine garée devant la maison, rétorqua Andy.

– Quoi ? Personne n'a jamais vu de limousine ici ? grogna Rita.

– Peut-être pour un mariage, dit Josh. Mais jamais garée aussi longtemps devant chez quelqu'un.

– Dans quel bled sommes-nous tombés ? soupira Rita Picky.

Je regardai mes amis, un peu étonné. À notre avis, il n'y avait pas d'endroit plus normal et plus tranquille que Jeffersonville.

10

À cause de la foule massée dehors, Eric Lake décida de retourner dans sa chambre.

– On pourrait s'esquiver par-derrière, proposai-je pendant que nous montions les escaliers, toujours suivis par le garde du corps.

– Merci, Jack, dit Eric, mais je préfère me reposer un peu. On verra ça plus tard, si tu veux.

– D'accord, je reste dans les parages.

Eric alla s'enfermer dans sa chambre et le garde du corps se planta à nouveau devant la porte. Après le petit déjeuner, l'entourage d'Eric décida de partir. Pour se débarrasser de la foule, Herb le nutritionniste mit un manteau, un chapeau et des lunettes de soleil. Il dissimula sa queue de cheval sous son col. Rita et Marge l'escortèrent jusqu'à la limousine. Croyant qu'il s'agissait d'Eric, les filles se mirent à hurler en réclamant des autographes. Herb parvint à s'engouffrer dans le véhicule, et Charlie démarra en trombe, poursuivi par la meute de groupies.

Pendant ce temps, mes amis et moi jouions au basket dans ma contre-allée.

– Tu crois qu'il va sortir maintenant ? demanda Andy.

– Je l'espère, répondis-je.

Mais Eric Lake ne quitta pas sa chambre de la journée. Il ne se montra même pas pour le dîner. Je passai la soirée au salon, à regarder la télé avec Jessica et mes copains. À l'étage, le garde du corps n'avait pas bougé d'un centimètre.

– Je ne comprends pas, s'étonna Andy. Je croyais qu'Eric Lake était supposé te suivre comme ton ombre. Pourquoi reste-t-il enfermé ?

– Je n'en sais rien, dis-je.

Josh consulta sa montre :

– Bon, j'en ai marre d'attendre. Je rentre.
– T'as raison, approuva Andy. J'y vais aussi.
Je les raccompagnai à l'entrée.
– N'oublie pas, Jack, chuchota Josh. Si tu vois Eric ce soir, tu lui parles de nos rôles dans le film.
– On verra, dis-je avec une grimace gênée. Je ne sais pas trop…
– Demande toujours, me pressa Andy. Ça ne coûte rien d'essayer !
Après leur départ, je retournai au salon.
– C'est quoi, toutes ces cachotteries ? me demanda Jessica.
– C'est rien, dis-je négligemment.
– À d'autres ! répliqua-t-elle. Ils veulent un rôle dans le film, c'est ça ?
J'acquiesçai de la tête.
– Ils ne doutent de rien, fit-elle avec une moue dégoûtée. Mais maintenant qu'ils sont partis, tu peux aller lui parler.
– Lui parler ? Mais de quoi ?
– Je ne sais pas, dit Jessica. Il doit s'ennuyer, tout seul. Va le voir !
– Pourquoi moi ? protestai-je. Et pourquoi tu n'irais pas toi-même ?

— Parce qu'il ne parle qu'avec toi, répondit ma sœur avec une pointe de jalousie.

Je montai donc à l'étage. Le garde du corps se tenait toujours devant la chambre d'amis. Apparemment, il n'avait ni mangé ni dormi depuis la veille. Je ne connaissais même pas son nom.

— Excusez-moi, lui dis-je.

Il baissa lentement les yeux vers moi.

— Vous vous appelez comment?

— Pasha, répondit-il avec un fort accent étranger.

— Pasha? répétai-je, surpris. C'est un drôle de nom.

Il fronça les sourcils, l'air menaçant.

— C'est le nom que maman m'a donné. Il ne te plaît pas?

— Oh si! C'est très joli, m'empressai-je de répondre. Dites-moi, Pasha. Je peux frapper... à la porte?

— Pas de problème, dit-il en s'écartant d'un pas.

Je tapai légèrement.

— Entrez, dit Eric sans même demander qui c'était.

Je pénétrai dans la chambre. Eric lisait, tranquille-

ment allongé sur le lit, la glacière à côté de lui. Frédérick le crabe reposait sur son ventre.
— Salut, Jack, lança-t-il en refermant son livre.
— Je ne voudrais pas vous déranger, commençai-je timidement.
— Ça va, dit-il. J'ai passé la journée à lire. Et tu peux me tutoyer, tu sais.
— Qu'est-ce que vous... qu'est-ce que tu lis?
— *Les voyages de Gulliver*. Tu l'as lu?
— J'aurais dû, fis-je en haussant les épaules. En fait, j'ai juste parcouru le résumé.
Eric se redressa et s'étira:
— Moi, c'est pareil. Je détestais la lecture quand j'avais ton âge.
Quand il avait mon âge? Il ne semblait pas beaucoup plus vieux que moi.
— Ça ne me regarde pas, dis-je, mais quel âge as-tu?
— À ton avis? demanda-t-il en caressant son crabe.
Je secouai la tête:
— Je n'en ai pas la moindre idée.
— J'ai vingt-cinq ans, annonça-t-il.
Quoi? J'étais sidéré.
— C'est difficile à croire, hein? reprit-il devant mon air ahuri.

– Non, pas du tout, dis-je en essayant de cacher mon étonnement. Mais tu ne les fais pas.
– Hélas! soupira Eric. Voilà la malédiction de mon succès.
– Pourquoi?
– Sans ce physique d'éternel adolescent, je ne serais pas devenu célèbre, expliqua Eric. Maintenant, je ne peux plus jouer que ça.
– Et tu en as assez?
– Comprends-moi. Ça fait treize ans que je suis un ado.
– Oui, admis-je. C'est long.
– Je ne te le fais pas dire. Et comme je suis un célèbre acteur adolescent, les producteurs ne veulent surtout pas que ça change. C'est pourquoi je dois m'entraîner chaque jour et ne manger que du soja, du blanc d'œuf et de la laitue.
– Pourquoi tu ne refuses pas tout ça?
– Parce que c'est dans mon contrat, soupira Eric. Tu veux voir un vrai film d'horreur? Tu n'as qu'à regarder ma vie.
Eric n'arrêtait pas de caresser son crabe, qui agitait doucement ses antennes.
– Pourquoi tu n'es pas sorti aujourd'hui?

demandai-je. Je croyais que tu devais me suivre partout.

– Ne te vexe pas, Jack, mais je voulais être tranquille. Sans téléphone, ni fans, ni managers. Passer une journée à lire, c'était vraiment génial. Si seulement cela pouvait durer plus longtemps!

– Et ce n'est pas possible? demandai-je.

– Hélas, non! Après-demain, on commence le tournage de *La créature du casier maudit*.

– C'est le titre du film?

Eric fronça les sourcils:

– Zut, ça devait rester secret. Tu gardes ça pour toi?

– D'accord. Dis, ça n'a pas l'air de t'enthousiasmer.

– Tu parles! soupira-t-il. C'est toujours pareil. N'importe qui pourrait jouer à ma place. Même toi. En fait, je suis sûr que tu serais meilleur que moi. Tu apporterais toute l'énergie de ta jeunesse au rôle.

– Le texte est difficile à retenir?

– Pas du tout. On l'apprend juste avant de jouer la scène. Et si on se trompe, ils font une autre prise.

Eric se remit à caresser le crabe d'un air un peu triste. C'était bizarre. Il venait de me dire que c'était facile de jouer la comédie. Que n'importe qui pouvait le faire.
Même moi...
Manger du soja et du fromage blanc ne devait pas être si dur... Pas longtemps ! Si ça permettait d'être une star de cinéma...
– Eric ?
Il leva les yeux :
– Oui, Jack ?
J'inspirai profondément et déclarai :
– Suppose que je trouve une solution pour que tu ne fasses pas ce film ?
Eric me regarda bizarrement :
– Qu'est-ce que tu racontes ?
– Tu ne me croiras peut-être pas, mais je possède une machine qui permet d'échanger les corps.
– Quel âge as-tu, Jack ? demanda-t-il avec un sourire narquois.
– Quatorze ans...
– Tu n'es pas un peu vieux pour raconter des bobards ?
– Je suis sérieux !

Eric leva un sourcil.

– Écoute-moi, insistai-je. Imagine qu'on puisse échanger nos corps. Je ferais ton film, dans ton corps. Toi, pendant ce temps-là, tu serais dans le mien et tu pourrais t'amuser et manger ce que tu veux.

Eric renvoya sa mèche en arrière et esquissa un sourire.

– Tu me fais marcher? Bien sûr, ça serait génial de prendre ta place, Jack. Plus d'autographes à signer, fini le régime sec...

Il soupira d'un air rêveur :

– Si seulement c'était vrai!

– Attends-moi ici, lançai-je. Je reviens dans cinq minutes.

– On dirait un Walkman, commenta Eric lorsque je revins avec la mini-machine de Pondu.

Quelques mois auparavant, M. Dupont (alias Pondu), mon prof de sciences, m'avait confié cet appareil pour la durée de son expédition dans la jungle amazonienne. C'était la version portative de son invention, qui était censée transférer les connaissances d'une personne à une autre. Mais son appareil n'était pas au point : en réalité, il échangeait les corps[1].

– Tiens, mets ça sur tes oreilles.

Eric eut l'air amusé :

– Arrête de plaisanter, Jack.

– Si c'est faux, qu'est-ce que tu risques ? le défiai-je.

– D'accord, je marche…

Il hésita un instant avant de s'exécuter :

– Juste une chose…

– Oui ?

– Je ne crois pas un mot de ton histoire. Mais, admettons que ça fonctionne. On échange nos corps uniquement pour ce film. C'est entendu ? Après ça, chacun reprend sa place ?

– Marché conclu, dis-je en lui serrant la main.

Eric mit le casque sur sa tête avec un petit rire :

– Vas-y, Jack. Envoie ta magie.

Je plaçai l'autre casque sur ma tête et mis l'appareil en marche.

Vlan !

---

1. Lire les autres titres de la série « Piégé… ».

11

Lorsque j'ouvris les yeux, j'étais assis sur le lit. Eric sautillait devant moi.
– Incroyable! souffla-t-il en me voyant dans son corps.
– Je te l'avais dit!
Eric se contempla. Il agita mes bras, remua mes pieds et tourna ma tête de gauche à droite. Ce n'était pas la première fois que je changeais de corps avec quelqu'un, mais ça m'étonnait toujours de voir un autre bouger à ma place et parler par mes lèvres.

– Je... je dois t'appeler Jack ou Eric? demanda-t-il.

– Tu ferais mieux de m'appeler Eric. Sinon, les autres vont se poser des questions.

Eric mordit sa lèvre d'un air contrit.

– Tu as raison, Jack... je veux dire, Eric. Il faut être très prudent. Si ça se trouve, je viole les termes de mon contrat en étant dans ton corps.

– Ne t'inquiète pas, tout le monde n'y verra que du feu, le rassurai-je.

Et, pour confirmer mes dires, je renvoyai sa mèche en arrière, comme il le faisait toujours.

Eric dans mon corps applaudit joyeusement.

– Ouais! C'est parfait! On dirait que ce n'est pas ta première expérience.

– Exact. J'ai déjà été dans le corps de mon chien, dans celui de ma sœur... Une fois, j'ai même été dans celui du président des États-Unis[2].

– Beaucoup de gens savent que tu peux faire ça?

– Non, très peu...

---

2. Lire *Piégé dans le corps du chien!*, n° 211 de la série Délires, *Piégé dans le corps de ma sœur!*, n° 220, et *Piégé dans le corps du président!*, n° 225.

Soudain, mon estomac – enfin, celui d'Eric – se mit à gargouiller. J'étais affamé.
– Tu as toujours aussi faim ?
– Toujours, répondit Eric.
– Pourquoi ne manges-tu pas ? m'étonnai-je.
– Je dois rester mince. C'est…
– Dans ton contrat ? achevai-je à sa place.
– C'est ça, Jack. Euh… Eric.
L'estomac d'Eric continuait à crier famine.
– Dis-moi, Eric, euh… Jack. Je peux descendre à la cuisine et prendre un peu de glace ou des céréales ? Si je ne mange rien, je ne pourrai pas m'endormir.
– Je n'ai jamais dit que tu ne pouvais pas manger…
Eric ouvrit la glacière que lui avait apportée le nutritionniste. À l'intérieur, il y avait des pommes, un sac de carottes et une bouteille en plastique remplie d'un liquide brunâtre.
– Vas-y, sers-toi.
– Qu'est-ce qu'il y a dans la bouteille ?
– Un mélange de vitamines, répondit Eric. Goûte…
Je pris la bouteille, secouai le liquide épais pour

le mélanger et en bus une petite gorgée.

Je faillis tout recracher.

– Beuh! On dirait un jus de tomates vertes et d'orange. C'est infect!

Eric eut un sourire amusé et se dirigea vers la sortie.

– Où vas-tu? demandai-je.

– Maintenant que je suis dans ton corps, je vais me préparer un petit sandwich.

Je voulus sortir à sa suite, mais Pasha m'en empêcha.

– Tsss, tsss! Heure de dormir, monsieur Lake.

– Quoi?

– C'est dans ton contrat, chuchota Eric. Tu dois te coucher tôt pour être en pleine forme.

– Et quand est-ce que je mange?

– Si tu n'aimes pas la boisson vitaminée, il y a les pommes et les carottes.

Eric dans mon corps me décocha un sourire réjoui en se dirigeant vers l'escalier :

– Allez... Eric. À demain matin!

Je grignotai deux carottes et une pomme et m'endormis finalement, toujours aussi affamé.

Le lendemain matin, je fus réveillé par de petits coups frappés à ma porte.
– Qui est là ? demandai-je en bâillant.
– C'est Jack, répondit-on.
Jack ? Comment ça, Jack ? Soudain, je me rappelai avoir échangé de corps avec Eric.
– Entre, dis-je.
Eric Lake poussa la porte de la chambre. Il portait un de mes pyjamas.
– Qu'est-ce qui se passe ? dis-je en bâillant de plus belle.
– Debout, dit-il.
– Déjà ? L'école ne commence que dans une heure et demie.
Mais avant qu'il me réponde, quelqu'un d'autre frappa au battant.
– Eric, mon chou, prêt à éliminer tes toxines ?
– C'est Marge, chuchota Eric, pour la gym matinale.
– Je ne peux pas manger avant ? demandai-je.
Eric dans mon corps secoua la tête :
– Jamais d'exercices avec le ventre plein.
– Laisse-moi deviner, grognai-je. C'est dans ton contrat ?

– Non, c'est seulement pour ton bien!
Marge frappa plus fort:
– Allez, Eric! On ne lambine pas!
– Juste un…, répondit Eric par réflexe.
Il se ressaisit aussitôt et me chuchota:
– Dis-lui que tu seras prêt dans un instant.
– J'arrive! lançai-je d'une voix forte.
– D'accord, répondit Marge. Je t'attends en bas!
Eric se tourna vers moi. Il avait l'air très sérieux:
– Maintenant, écoute-moi, Jack. Promets-moi que tu ne feras rien qui puisse nuire à ma carrière, c'est bien d'accord?
– Comment savoir si je fais quelque chose d'interdit? m'alarmai-je.
– Ne t'inquiète pas, dit Eric. Ils te rappelleront vite à l'ordre!
Il ouvrit une valise et sortit une tenue de sport et des tennis.
– Allez! Vas-y, grouille!
– Et toi, qu'est-ce que tu vas faire? demandai-je tout en m'habillant à la hâte.
Eric bâilla et s'étira.
– Eh bien, je vais aller me recoucher, annonça-t-il avec un large sourire.

12

Pendant quarante-cinq minutes, Marge me fit pédaler comme un forcené. Puis on attaqua des séries de pompes et d'haltères sous le regard attentif de Pasha, qui surveillait la porte de la cave. À la fin des exercices, j'étais en sueur et, surtout, j'étais affamé! Comment Eric pouvait-il vivre avec cette faim permanente? J'étais prêt à engloutir un éléphant!

– Je peux aller manger? demandai-je à Marge.
– Tu ne prends pas ta douche avant? s'étonna-t-elle.

Rien ne pressait. La douche pouvait attendre, pas le petit déjeuner. Cela dit, si je commençais à modifier les habitudes d'Eric, cela pouvait paraître suspect.

– D'accord, cédai-je. Mais alors vite fait !

Marge sourit comme si je venais de sortir une blague :

– Tiens, c'est nouveau pour quelqu'un qui passe des heures dans la salle de bains !

Eric aimait peut-être s'attarder sous la douche, mais moi, j'étais prêt à battre des records de vitesse. Je fonçai à l'étage et croisai mon double sur le palier. Ses cheveux étaient trempés et il portait mon peignoir. Une fois encore, je fus surpris de le voir dans mon corps et je vis que ça lui faisait le même effet.

– Tu as bien travaillé? me demanda-t-il.

– Je suppose... Comment était la douche ?

– Géniale !

Vu la vapeur qui s'échappait de la salle d'eau, je devinai qu'elle avait été très longue. J'y pénétrai à mon tour et, comme d'habitude, Pasha vint se planter à la porte.

Et là, j'eus une surprise : Eric avait utilisé toute

l'eau chaude ! Après une très rapide douche froide, j'enroulai une serviette autour de ma taille et quittai la salle de bains.

Je passais devant la chambre de Jessica quand la porte s'ouvrit brusquement. Ma sœur surgit devant moi. Elle était sur son trente et un.

– Où vas-tu comme ça ? demandai-je, surpris.

– En classe, susurra-t-elle en battant outrageusement des cils.

– Dans cette tenue ?

– Vous aimez, M. Lake ? minauda-t-elle.

Zut ! Pendant un instant, j'avais oublié dans quel corps j'étais. Ainsi donc, ma sœur voulait flirter ?

– Pour tout t'avouer, dis-je, je n'aime pas les filles trop maquillées. Et, quant à la coiffure, j'adore les nattes.

– Les nattes ? répéta Jessica, décontenancée.

– Oui, et j'aime beaucoup les salopettes et les T-shirts blancs.

Jessica fit la moue et me regarda d'un air incertain.

– Essaie, tu verras, fis-je avec un clin d'œil.

Sur ces mots, je me dirigeai vers ma chambre. J'allais y entrer quand Jessica m'interpella :

– Monsieur Lake ?
– Oui ?
– Pourquoi allez-vous dans la chambre de mon frère ?

Je fis semblant d'être confus :
– Oh, je me suis trompé !

Je m'habillai à la hâte et me ruai vers l'escalier. Je n'avais plus qu'une idée en tête : remplir mon estomac, ou plutôt celui d'Eric.

Des odeurs merveilleuses s'échappaient de la cuisine : jambon… œufs brouillés… toasts…

Avant même d'arriver dans la pièce, ma bouche, ou plutôt celle d'Eric, salivait déjà. La cuisine était bondée. Charlie le chauffeur, Marge l'entraîneur et Herb le nutritionniste se trouvaient à table. Rita Picky était la seule à ne pas manger. Elle sirotait une tasse de café noir.

Pour faciliter les choses, ma mère avait dressé un buffet. Chacun prenait une assiette et pouvait se servir.

Du moins, c'était ce que je croyais !

Herb le nutritionniste poussa un hurlement en me voyant empiler des œufs, du bacon et des toasts dans une assiette :

– Eric ! Qu'est-ce que tu fais, malheureux !

– Je prends mon petit déj', répliquai-je. Ça ne peut plus attendre !

– Tu ne peux pas manger ça ! protesta-t-il. Tiens, voilà pour toi...

Il me désigna une assiette avec un peu de fromage blanc et deux petites feuilles de laitue.

Rita Picky voulut saisir le plat que je m'étais préparé.

– Bien tenté, Eric chou. Mais je te conseille d'oublier cette idée, à moins que tu ne veuilles finir ta carrière à faire des pubs pour détartrant WC.

Je faillis reprendre rageusement mon assiette ; mais j'avais fait une promesse à Eric concernant son contrat ! Je me laissai choir sur une chaise et contemplai d'un air misérable le fromage blanc et la laitue. À cet instant, Jessica fit son entrée dans la cuisine. Elle n'avait plus de maquillage et s'était fait deux jolies couettes. Elle portait une salopette en jean et un T-shirt blanc.

Pendant que tout le monde se tournait vers elle, je lui lançai un clin d'œil complice. Son visage s'illumina. Elle prit une assiette et s'attabla à son tour.

Eric arriva ensuite. Quand il vit le buffet dressé par ma mère, il joignit ses mains en remerciant le ciel :

– Oh ! J'attendais ça depuis si longtemps !

Eric se rua sur le buffet, et bientôt, il s'installa à table devant une assiette qui débordait de nourriture. Tout le monde le regarda engloutir son plat en quelques secondes et aller se resservir.

Jessica se racla ostensiblement la gorge. Eric releva la tête de son assiette. Quand il vit que tout le monde le regardait, il poussa un vague grognement et se tourna vers ma mère :

– Madame Sher... euh... Maman ! Ça, c'est un super petit déj' !

Ma mère lui sourit, ravie du compliment.

– Qu'est-ce qui te prend, Jack ? demanda Jessica. On dirait que tu n'as rien avalé depuis des mois.

Ne réalisant pas que c'était à lui qu'elle s'adressait, Eric continuait à se goinfrer avec méthode.

– Jack ? intervins-je. Jessica te parle.

Eric se tourna vers elle, la bouche pleine de nourriture.

– Ça ne te gêne pas de te conduire comme un porc devant nos invités ? lança-t-elle.

Eric la toisa méchamment :

— Et toi, ça ne te gêne pas d'être habillée comme une plouc ?

Quelques rires fusèrent, mais Jessica releva fièrement le menton :

— Il se trouve que M. Lake apprécie beaucoup ce style.

— Désolée de te contredire, chérie, intervint Rita Picky, mais Eric préfère les grandes blondes sophistiquées.

Elle se tourna vers moi en battant des cils :

— N'est-ce pas, Eric chou ?

Jessica pâlit. Si j'approuvais, ma sœur passait pour une idiote, ce qui ne me dérangeait pas beaucoup... Mais je risquais surtout de ternir l'image d'Eric Lake à ses yeux.

— Ça dépend des fois, dis-je mystérieusement.

Ma sœur sourit, soulagée. Rita, en revanche, me regarda bizarrement.

— C'est l'heure d'aller en classe, les enfants ! déclara soudain ma mère.

— Il y a encore un attroupement dehors, annonça Charlie.

— Bien, fit Rita en se tournant vers moi. On

applique le plan habituel.

– C'est quoi, le plan habituel ? demandai-je.

Rita souleva un sourcil étonné :

– Le même que d'habitude, chéri chou. Charlie se gare devant la maison et Jack enfile ton manteau. Pendant que la foule court après la limousine, on passe par-derrière. Une voiture de location nous attend dans la contre-allée.

« Quelle galère ! pensai-je. Je suis dans le corps d'un acteur célèbre, mais on m'affame et je ne peux même pas profiter de la limousine. »

– J'ai une meilleure idée, intervint Eric. On déguise Jessica, et c'est elle qui prend la limo' pour se rendre au lycée, où elle fait une entrée fracassante.

Jessica le regarda, stupéfaite :

– Tu te sens bien, Jack ? Tu veux vraiment que je prenne la limousine à ta place ?

Eric se pencha vers elle et déposa un baiser sur sa joue :

– Hé ! Ça sert à quoi d'avoir un petit frère ?

Jessica regarda Eric, interloquée.

– Bizarre…, murmura-t-elle.

13

On fit donc ce dont on avait convenu.

Je montai dans la voiture de location, et Rita se mit au volant. Au collège, une foule compacte était massée devant les grilles. Cette fois, il n'y avait pas que des filles. Je repérai des adultes, dont quelques mères de famille.

Personne ne prêta attention à la voiture banalisée qui s'arrêtait devant l'entrée de service du réfectoire. Nous pûmes ainsi pénétrer tranquillement dans le collège. La cloche n'avait pas encore sonné. Seuls quelques élèves traînaient dans les couloirs. Mais en

nous apercevant, ils se contentèrent de chuchoter en nous jetant des regards à la dérobée. Il est vrai qu'avec Pasha ouvrant la marche, ils n'osaient pas trop s'approcher. Nous entrâmes dans ma classe. Mme Rogers, une de mes profs préférées, quitta aussitôt son bureau et vint vers moi. Elle me serra chaleureusement la main, rouge de plaisir.
– M. Lake, je suis ravie de vous rencontrer. Vous savez, j'ai vu tous vos films, depuis l'époque où vous étiez Karl dans la série *Amour, gloire et acné*.
Je balayai ma mèche d'un geste nonchalant et lui décochai le fameux sourire d'Eric :
– Je suis très flatté, Madame.
– Je suppose que vous voulez vous asseoir avec Jack, reprit-elle. Mais je ne suis pas sûre d'avoir un siège assez solide pour votre... ami.
Elle désigna Pasha.
– Il va rester devant la porte, assura Eric, oubliant son rôle.
Mme Rogers s'étonna que Jack réponde à la place d'Eric.
– Si tu le dis, Jack... Maintenant, je vous propose de vous installer au fond. Vous attirerez moins l'attention quand la classe commencera.

Lorsque la sonnerie retentit, un bruit de cavalcade résonna dans les couloirs. C'était bizarre. D'ordinaire, les élèves n'étaient pas si pressés de se rendre en cours.
Comme si elle devinait ce qui se passait, Mme Rogers se précipita à l'entrée à côté de Pasha.
– C'est ici! s'écria quelqu'un.
Des élèves voulurent s'engouffrer dans la pièce, mais Mme Rogers écarta les bras et fit la police. Elle ne laissa passer que ceux qui avaient cours avec elle. Dans le couloir, c'était l'émeute. Les élèves criaient, poussaient, tendaient des photos en réclamant des autographes.
Amanda Gluck et Alex Silver entrèrent. Aussitôt, leurs regards se braquèrent sur moi. Je commençais à comprendre ce qu'était la vie d'une star. J'avais l'impression d'être un animal dans une cage de zoo. Josh et Andy parvinrent à se frayer un passage. Ils vinrent s'asseoir à la table à côté de nous.
– Comment ça va, Jack? demanda Josh.
– Ça roule, répondit Eric.
– Tu pourras jouer au basket avec nous cet après-midi?
– Bonne idée, approuva Eric.

– Et vous, Monsieur Lake ? dit timidement Andy.
– Ça me plairait bien, répondis-je.
– Génial !
Andy glissa un magazine de cinéma devant moi. La photo de la star était en couverture.
– Vous pourriez le dédicacer pour ma mère, s'il vous plaît, M. Lake ?
Andy me confia un marqueur. Malheureusement, j'écrivis JA avant de réaliser mon erreur.
– JA ? s'étonna Andy.
– JA ? répéta Josh en se penchant sur le magazine.
Je jetai un regard inquiet en direction d'Eric, mais il ne pouvait rien dire en présence de mes copains. Soudain, j'eus une idée lumineuse. J'écrivis : Jacob Lakowsky.
– Qui est Jacob Lakowsky ? demanda Andy.
– C'est mon vrai nom, dis-je avec un clin d'œil complice à Eric.
– Je me doutais bien qu'Eric Lake était un pseudonyme, commenta Andy. Mais pourriez-vous signer de votre nom d'artiste ?
– Bien sûr.
J'ajoutai aussitôt Eric Lake sous Jacob Lakowsky.
Les élèves avaient enfin gagné leurs places. Ils me

dévisageaient ouvertement, et je ne savais pas si je devais leur sourire ou les ignorer.

Soudain, le haut-parleur grésilla, et la voix de M. Blanco, le proviseur, s'éleva dans la classe :

– Comme vous le savez, nous avons le privilège d'accueillir aujourd'hui un invité très spécial. Il s'agit d'Eric Lake, l'acteur de renommée internationale. Il est venu observer la vie d'un collège. Le tournage de son film débutera demain dans le gymnase. Par conséquent, les cours de gym sont annulés jusqu'à nouvel ordre.

– Ouais ! cria la classe avec un bel ensemble.

– Je comprends l'excitation de chacun, poursuivit M. Blanco, mais n'oubliez pas que M. Lake est ici pour des raisons professionnelles. J'espère que vous le laisserez travailler en paix.

La classe continuait à m'observer sans se gêner le moins du monde.

– Les enfants ! intervint Mme Rogers. Il est très impoli de dévisager les gens.

La classe se mit face au tableau, sauf Amanda Gluck. Mais je lui tirai la langue, et elle se retourna aussitôt.

À la fin du cours, personne ne sortit : nous avions

encore une heure avec Mme Rogers. Mais, comme on avait quatre minutes de pause, un groupe se forma aussitôt autour de moi. Alex Silver glissa une feuille de papier devant moi et me demanda :
– Je peux avoir un autographe, Monsieur Lake ? C'est pour ma petite sœur.
– Tu n'as pas de petite sœur, lui répondis-je.
Alex sursauta, interloqué :
– Comment le savez-vous ?

14

– Euh…
Ma mâchoire tomba d'un coup et je restai bouche bée. Comment allais-je me tirer de ce mauvais pas ? Heureusement, Julia Sax vint à mon secours :
– Arrête, Alex ! Cet autographe est pour toi. Admets-le.
– Oui, mais…
– Hé ! Tu n'es pas tout seul ! grogna Barry Dunn. Nous aussi, on veut des autographes !
Je signai donc le papier d'Alex Silver et tout ce qu'on me présenta ensuite. Soudain, Amanda

Gluck s'agenouilla devant mon bureau :
– Pouvez-vous signer sur mon front, Monsieur Lake ?
– Tu es sérieuse ?
– S'il vous plaît ! implora-t-elle.
Je jetai un regard furtif en direction d'Eric, qui ne parut pas surpris. Je traçai donc sa signature sur le front d'Amanda.
– Oh, merci ! s'extasia-t-elle. Plus jamais je ne me laverai le front !
– Ça ne changera pas beaucoup ! rétorqua Josh à l'hilarité générale.
La sonnerie retentit enfin, et Mme Rogers commença le cours d'histoire :
– Aujourd'hui, nous allons aborder un nouveau chapitre : la Première Guerre mondiale. Ce fut une guerre de tranchées. Quelqu'un sait ce que ça signifie ?
Personne ne leva la main. Soudain, Eric demanda la parole.
– Oui, Jack ? dit Mme Rogers.
– Les soldats des deux camps creusaient des tranchées pour se protéger des tirs ennemis, répondit-il.

– Bien, Jack ! approuva Mme Rogers. Quelle fut la particularité de la Première Guerre mondiale ?
Eric regarda autour de lui. Comme personne n'intervenait, il leva à nouveau la main.
– Oui, Jack ?
– Il y eut aussi des batailles aériennes...
– Très bien, Jack ! dit-elle avec un sourire satisfait. Cette guerre eut lieu en Europe, très loin de chez nous. Qui sait pourquoi les Américains sont entrés en guerre ?
Là encore, il n'y eut aucune réponse. Mais l'ensemble de la classe se tourna vers Eric.
– Tu le sais, Jack ? demanda Mme Rogers.
Eric acquiesça, un peu embarrassé :
– Un sous-marin allemand coula le bateau britannique Lusitania. Or, le Lusitania n'était pas un navire de guerre mais un paquebot qui transportait des civils.
– Tu as entièrement raison, Jack, approuva mon professeur.
– Arrête ton cinéma, grogna Josh à mi-voix.
– Et peux-tu nous dire pourquoi les gens de notre pays furent si choqués par cette catastrophe ?

– Parce que certains passagers du Lusitania étaient américains, répondit aussitôt Eric.
Mme Rogers ouvrit de grands yeux.
– Franchement, Jack, je suis agréablement surprise...
Les élèves de ma classe contemplèrent Eric avec stupéfaction. Soudain, le téléphone mural sonna et Mme Rogers interrompit le cours pour aller répondre.
Josh se pencha vers Eric :
– À quoi tu joues, Jack ? Tu veux frimer devant M. Lake ?
Andy, lui, s'adressa à moi :
– Ne faites pas attention, Monsieur Lake. D'habitude, Jack est aussi nul que nous tous.
Mme Rogers raccrocha le téléphone et poursuivit son cours. Je griffonnai rapidement un mot : « Arrête ! Tu me fais du tort ! »
Je le glissai à Eric, qui y rajouta quelque chose et me le repassa : « Je croyais que c'était bon pour ton image de marque. »
Manifestement, il avait oublié les règles de base de tout collégien qui se respecte. J'écrivis à nouveau : « Au contraire, je passe pour un fayot ! »

Le cours prit fin et nous sortîmes. Les couloirs étaient pleins. Mais Pasha marchait toujours devant, et les élèves s'écartaient, impressionnés par ce mastodonte.

– Comment sais-tu tous ces trucs sur la Première Guerre mondiale ?

– Ça date de *Héros en herbe*, mon deuxième téléfilm, répondit Eric.

En troisième heure, nous avions cours de sciences avec M. Grout, qui remplaçait M. Dupont. C'est un petit bonhomme dodu, avec des cheveux maigres et des yeux globuleux.

– Bonjour, tout le monde ! lança-t-il. Je vous ai préparé une petite interrogation écrite.

Grout est un vrai sadique. Il nous donne des tonnes de devoirs à la maison et c'est le spécialiste de l'interro surprise. Alors que la classe râlait et protestait, il distribua les sujets. Comme j'étais dans le corps d'Eric, il ne me donna pas de feuille, mais Eric en reçut une. L'interro portait sur la dernière leçon d'astronomie. Je jetai un coup d'œil sur les questions. La première était fastoche.

« Le système solaire compte… planètes. »

Quand Eric écrivit « 20 », je faillis tomber de ma

chaise! Il ignorait donc qu'il n'y en avait que neuf?

Il passa à la question suivante : « Pourquoi les planètes restent-elles dans l'orbite du soleil ? »

Eric écrivit : « À cause des rayons ! »

C'était n'importe quoi ! Je profitai que Grout nous tourne le dos pour lui envoyer un coup de coude :

– Ce ne sont pas les rayons ! chuchotai-je vivement. C'est la gravitation. Et il y a neuf planètes, pas vingt !

Eric corrigea aussitôt les mauvaises réponses. Il passa à la question suivante :

« La planète rouge est… »

Eric se gratta le crâne. Il ne savait pas ça non plus !

– C'est Mars, lui soufflai-je.

Il se tourna vers moi :

– Ce n'est pas une planète, c'est une barre de chocolat !

– C'est aussi une planète, murmurai-je vivement.

– Il y a un problème, Jack ? demanda soudain M. Grout.

Nous répondîmes avec un bel ensemble :

– Non, Monsieur !

Grout nous lança un regard soupçonneux et ne nous lâcha plus des yeux jusqu'à la fin de l'interro. Je restai à me morfondre, incapable d'intervenir, tandis qu'Eric écrivait des bêtises.

15

À la sonnerie, nous partîmes vers notre prochain cours. Pasha continuait à marcher devant en jetant des regards mauvais aux alentours et les élèves nous suivaient à distance. Son estomac était tellement vide que j'en avais des crampes. Cela me rendait d'une humeur massacrante !
– Comment peux-tu ignorer qu'il y a neuf planètes dans le système solaire ? râlai-je.
– Je n'ai jamais tourné de film de science-fiction, me chuchota-t-il.
– Je ne vois pas le rapport !

– Comment veux-tu que j'apprenne autrement ? demanda-t-il.
– Tu n'as jamais été à l'école ?
– Je n'ai pas eu le temps. J'ai commencé à jouer à l'âge de deux ans. J'ai passé ma vie sur les plateaux de tournage.
– Tu n'as jamais eu de cours ? insistai-je.
– Si, j'avais des professeurs particuliers.
– Ah bon ! fis-je, rassuré.
– C'étaient des profs d'Hollywood. Ils m'apprenaient à jouer aux échecs chinois, à tricher au poker... et à pleurer sur commande.
Soudain, il s'arrêta et se mit à battre des paupières.
– Qu'est-ce que tu fais ? demandai-je.
Eric ne répondit pas. Un attroupement se forma autour de nous. Eric poursuivit son manège et son visage – mon visage ! – devint profondément triste. Dans la seconde qui suivit, de grosses larmes roulaient le long de ses joues.
Un silence gêné tomba sur le couloir. Amber Sweeny s'approcha de nous.
– Ça va, Jack ? s'inquiéta-t-elle.
– Mais oui, il va bien ! répondis-je aussitôt.

– Alors, pourquoi il pleure, Monsieur Lake?
– Il ne pleure pas. Enfin, pas vraiment…
Pendant ce temps, Eric-Jack reniflait bruyamment et frottait ses yeux rougis.
– Arrête ton cirque! lâchai-je, excédé. C'est gênant.
– Vous n'êtes pas très sympa avec lui, commenta Julia Sax.
– Vous ne voyez pas qu'il fait semblant? insistai-je.
L'assemblée secoua la tête. Je pris un mouchoir en papier dans ma poche et le jetai à la figure d'Eric.
– Bon, Jack, tu arrêtes! dis-je sur un ton cassant.
Eric sécha ses larmes et se moucha. Il chercha une corbeille où jeter le mouchoir.
– Je peux l'avoir?
Amanda Gluck fendit la foule des élèves. Elle avait toujours la signature d'Eric Lake tracée sur son front au gros marqueur noir. Elle s'empara du mouchoir usagé et glissa la précieuse relique dans sa poche.
– On peut y aller maintenant? m'impatientai-je.
– Quel gros nul! commenta quelqu'un dans la foule.
– Hé! Ce n'est pas sa faute! lâcha alors Eric.

– C'est gentil de prendre sa défense, Jack, dit Julia Sax. Mais M. Lake n'a pas l'air de se soucier beaucoup du malheur des autres.

– Il faut le comprendre, plaida alors Eric. M. Lake est sous pression. Demain, quand il commencera à tourner, le film reposera entièrement sur ses épaules.

Il s'adressa à Pasha :

– Que se passera-t-il si c'est un échec ?

Pasha secoua la tête avec une moue dépitée :

– Très mauvais. Beaucoup de gens dépendent de M. Lake. Si le film ne marche pas, Pasha va perdre son travail.

– Oh, je n'avais pas pensé à ça, commenta quelqu'un dans la foule.

Eric se tourna vers les élèves :

– Eric Lake a connu un grand succès avec les *Démangeaisons mortelles*. Mais si ce film est raté, il se retrouvera à la rue plus vite qu'on ne croit.

– C'est vraiment beaucoup de responsabilités, admit Amber Sweeny.

Après ce plaidoyer, nous repartîmes vers notre salle de cours. Mais Julia Sax nous rattrapa et s'approcha d'Eric :

– Dis-moi, Jack. Où as-tu appris toutes ces choses sur le monde du cinéma ?

– J'ai beaucoup discuté avec M. Lake, dit Eric en m'adressant un regard complice.

Il fit une pause et ajouta :

– Ouais, on peut dire qu'on a échangé pas mal de choses.

16

À midi, l'anecdote de Jack Sherman pleurnichant dans les couloirs avait fait le tour de l'école. Les filles qui me croisaient continuaient à me lancer des œillades langoureuses ; mais quelques garçons désignèrent Eric avec des rires goguenards. Nous nous rendions au réfectoire.

– Quel besoin avais-tu de te donner en spectacle ? lui chuchotai-je. Tu me fais passer pour une mauviette.

– Relax, Eric, répondit-il avec un sourire en coin. On ne peut pas s'amuser un peu ?

Il avait peut-être raison ; mais je n'avais jamais eu aussi faim de toute ma vie, et ça me tapait sur les nerfs. Nous faisions la queue. Pasha nous suivait, portant mon plateau. Il y avait des saucisses et des haricots blancs au menu. De l'autre côté du comptoir, les dames de service regardaient la star et gloussaient. Une petite dame avec une verrue sur le nez sortit une Francfort fumante d'une grande casserole et me la présenta :
– Saucisse, Monsieur Lake ?
Soudain, je vis l'occasion de prendre ma revanche. Eric voulait qu'on s'amuse un peu ? Il allait voir...
– S'il vous plaît, répondis-je avec son célèbre sourire. J'adore ça !
Eric réagit aussitôt :
– Tu sais que je n'ai pas le droit de manger ça, glissa-t-il à mon oreille.
Je l'ignorai :
– À la réflexion, j'en prendrais cinq !
Je désignai Pasha derrière moi :
– C'est pour mon garde du corps. C'est que, ça mange, ces petites bêtes !
– Vous avez entendu ? murmura une autre serveuse. Il veut cinq saucisses.

La petite dame à la verrue se mordit la lèvre, un peu confuse.

— Euh… Nous n'avons prévu qu'une seule Francfort par élève, Monsieur Lake, s'excusa-t-elle.

— Mais je ne suis pas un élève, répondis-je, outré. Je suis Eric Lake, le célèbre bourreau des cœurs, celui qui pleure sur commande. J'exige que vous me donniez mes cinq saucisses ! Mon garde du corps est affamé !

— Arrête tes bêtises ! siffla Eric.

— Je ne sais pas…, hésita la petite dame à la verrue.

Je me penchai vers elle avec un sourire enjôleur.

— Quel est votre prénom, belle enfant ?

— Ma… Martha, bafouilla-t-elle.

— Eh bien, Martha chérie, je te propose un marché : cinq Francfort contre un bisou.

Sa collègue arrêta son service, tout excitée :

— Allez, Martha, la pressa-t-elle. Une occasion pareille, ça ne se rate pas.

À l'autre bout du comptoir, une serveuse aux cheveux courts et à la carrure de déménageur annonça d'une voix forte :

– Tu fais ce que tu veux, Martha. Mais moi, pour un bisou, je suis prête à lui donner cinq louches de haricots !

– Marché conclu ! lançai-je.

Elle remplit une assiette à ras bord et la remit à Pasha. Aussitôt fait, elle se pencha par-dessus le comptoir et me tendit ses lèvres, les yeux clos.

Je la laissai m'embrasser sur la joue.

– Wouah ! hurla-t-elle, ravie. Quand je vais dire à mon mari que j'ai embrassé M. Lake en personne !

Toutes ses collègues m'embrassèrent à leur tour. Quand je quittai la file, le plateau de Pasha débordait de nourriture, et mes joues étaient couvertes de traces de rouge à lèvres.

– Je n'arrive pas à croire que tu aies fait ça ! pesta Eric entre ses dents.

Lui-même avait pris un yaourt nature et une salade.

– Fais attention ! siffla-t-il. N'oublie pas que j'ai joué dans *Kickboxer ninja karaté kid* !

– Ah, oui ? raillai-je. Et tu faisais quoi ? Le punching-ball ?

Je retrouvai Andy et Josh à leur table. Eric fit glisser son plateau devant moi. Pasha s'assit à côté de moi avec son assiette qui croulait sous les aliments :

— Je peux manger, patron ?

— Vas-y, répondis-je.

Pasha prit une Francfort et l'engloutit d'une bouchée.

Josh dévorait son plat. Andy aussi.

Pasha avala une deuxième Francfort.

Et moi, pendant ce temps, je mourais de faim ! L'odeur qui s'échappait du plateau de Pasha était délicieuse. Je contemplais d'un air misérable les feuilles de salade sans huile dans mon assiette, puis mon regard revenait sur le plateau de Pasha, comme attiré par un aimant.

Il termina sa troisième saucisse. Il n'en restait plus que deux ! Eric remarqua mon manège.

— Tu n'as pas le droit de manger ça ! chuchota-t-il vivement.

— Laisse-le, Jack, intervint Josh, qui avait entendu. Qui es-tu pour donner des ordres à M. Lake ? Il peut bien manger ce qu'il veut !

Il avait raison ! Et moi, je n'en pouvais plus ! Quel mal y avait-il à se nourrir un peu ?

Pendant ce temps, Pasha dévorait comme un ogre.

Il ne restait plus qu'une seule Francfort, mais, par chance, il n'avait pas encore touché à ses haricots. Herb était absent. Il ne saurait jamais.

Alors, je craquai. Je m'emparai de la dernière Francfort et la portai à ma bouche...

– Ne fais pas ça !

Herb le nutritionniste avait surgi de nulle part. Il accourait vers moi, le regard fou.

– Arrêtez-le ! hurla Herb.

Eric plongea à travers la table et saisit la saucisse.

– Hé ! Jack ! Qu'est-ce que tu fais ? s'alarma Josh.

Mais Herb nous avait rejoints. Il bondit sur moi, glissa ses doigts dans ma bouche – enfin, dans celle de la star – et extirpa le morceau de saucisse à demi mâchée.

– Beuh ! s'exclamèrent Josh et Andy avec dégoût.

– Lâche-moi, imbécile ! hurlais-je.

Du coin de l'œil, je vis le proviseur Blanco qui se précipitait vers nous. Il n'y avait plus de saucisses, mais il restait encore les haricots.

J'avais trop faim ! Je ne voulais qu'une bouchée. Juste une...

– Eric, non ! Pas les haricots ! s'alarma Herb.

Je saisis l'assiette. Il voulut me la retirer. Mais je

n'allais pas me laisser faire ! C'était une lutte à la vie à la mort !

Chacun poussait et tirait de son côté. Et ce qui devait arriver arriva. L'assiette de haricots s'envola dans les airs… et atterrit sur la tête de Blanco.

17

— Moi ! Convoqué chez le proviseur ! fulminait Eric Lake.

Nous attendions devant les bureaux depuis l'incident du réfectoire.

— Fais attention, lui chuchotai-je avec un regard inquiet en direction de son entourage.

Tout l'après-midi durant, la moitié du collège avait défilé devant nous. Ils voulaient voir le colosse, le grand maigre avec une queue de cheval, la star mondialement connue et l'élève, consignés pour avoir déclenché une bataille de nourriture.

– Alors, Jack, on peut dire que tu as eu une journée bien remplie aujourd'hui, dis-je à Eric.
– Ha-ha ! Très drôle, grimaça-t-il.
La dernière sonnerie retentit enfin, et les élèves se ruèrent en courant vers la sortie. Le proviseur Blanco quitta son bureau. Il avait dû échanger son éternel costume noir contre une tenue de jogging à l'emblème du collège. Il se planta devant nous et nous toisa avec sévérité :
– J'espère que vous avez retenu la leçon.
Tout le monde hocha la tête d'un air penaud.
– Ce n'est pas bien de jouer avec la nourriture, reprit-il.
Là encore, chacun acquiesça en silence.
– C'est bon, vous pouvez partir. Monsieur Lake ! Voulez-vous m'accorder quelques minutes ?
« Qu'est-ce qu'il me veut encore ? » me demandai-je, tandis que les autres s'éloignaient.
Il me fit entrer et alla s'asseoir sur le bord de son bureau.
– Le tournage commence demain ?
– Oui, répondis-je.
– J'imagine que tous les rôles sont distribués…
– Je suppose…

– Comme l'action se déroule dans un collège, je me demandais si, par hasard, vous n'auriez pas besoin de quelqu'un pour jouer le proviseur…

« Nous y voilà, pensai-je. Existe-t-il quelqu'un à Jeffersonville qui ne veut pas jouer dans ce film? »

– Je ne suis pas monté sur les planches depuis très longtemps, poursuivit M. Blanco, mais j'ai joué dans *Hair* quand j'étais à la fac.

– *Hair*? répétai-je.

– Vous connaissez sûrement. La comédie musicale de l'époque hippie.

Il regarda autour de lui pour s'assurer que personne n'écoutait et chuchota à mon oreille:

– Vous savez, celle où tout le monde terminait nu sur scène.

Je faillis éclater de rire, mais répondis avec le plus grand sérieux:

– Oui, c'est très intéressant.

Le proviseur me tapota amicalement le bras et me reconduisit à la porte.

– Alors, Monsieur Lake, si jamais vous avez besoin de quelqu'un, n'hésitez pas à m'appeler.

– Je n'y manquerai pas, fis-je en roulant des yeux.

Pasha m'attendait dehors, avec Eric et mes copains.

– Alors, Monsieur Lake ? Toujours d'accord pour une petite partie de basket ? me pressa Andy.
Eric et moi échangeâmes un bref regard. Nos rapports commençaient à devenir tendus. Quel sport savait-il pratiquer ? Il devait être nul au basket. Ce n'est pas le genre de choses que l'on apprend en tournant un film.
– Bien sûr, approuvai-je, ravi. Allons-y !
La suite des événements me prouva que j'avais eu tort. Eric était un joueur redoutable. Son tir à distance était drôlement efficace, il avait des accélérations prodigieuses, et il dribblait comme un pro. Nous changeâmes plusieurs fois les équipes, mais celle où il jouait était toujours gagnante.
– Ouah, Jack ! s'étonna Andy. Tu n'as jamais aussi bien joué.
– C'est sûr, approuva Josh. Si je ne te connaissais pas, je pourrais croire que tu es une autre personne.
Il y eut un lourd silence. Josh et Andy se regardèrent, et le doute plana un instant. Josh secoua finalement la tête :
– Non, c'est impossible.
– Il va bientôt faire nuit, annonça Eric. On en joue une dernière ?

Cette fois, c'était Josh et moi contre Andy et Eric. Grâce à quelques tirs chanceux de Josh, le score fut bientôt à 10 partout.
– L'équipe qui marque le prochain panier a gagné, haleta Andy.
Je défiai Eric du regard. Je voulais vraiment lui prouver que, moi aussi, j'étais bon.
Josh reçut la balle. Je contournai Andy pour me démarquer et Josh me fit une passe. Eric voulut s'interposer, laissant une brèche dans la défense. Je tenais ma chance. Je devais donner le meilleur de moi-même : tenter mon fameux bras roulé à l'aveuglette. Je pivotai et lançai la balle au jugé. Elle pivota sur le cercle... et rentra !
– Ouais !
J'esquissai un petit pas de danse, très satisfait de mon coup. Josh s'immobilisa, bras croisés.
– Joli coup..., Jack !
Il y eut un moment de flottement, chacun reprenant son souffle.
Alors, Eric s'éclaircit la gorge avec gêne :
– Tu te trompes, Josh. C'est moi, Jack.
J'avalai nerveusement ma salive :
– Bon... On va peut-être retourner à la maison.

À cet instant, la limousine vint se garer sur le parking du collège. Et cet abruti d'Eric se tourna vers moi et dit :

– Je te laisse la limousine, Eric. C'est une belle soirée, je rentre à pied.

Andy et Josh attendirent qu'il s'éloigne et leurs regards se braquèrent sur moi. Je pouvais presque lire dans leurs pensées : pourquoi Jack dit-il à Eric qu'il peut prendre la limousine ?

Charlie nous ouvrit la porte. Alors, Josh s'approcha de moi et chuchota à mon oreille :

– Demandez à Pasha de s'asseoir devant.

– Pourquoi ?

Josh eut un sourire malicieux.

– Qu'est-ce qui se passe ? m'énervai-je.

– Faites-le, s'il vous plaît, insista Josh.

Je fis donc ce qu'il demandait et allai m'installer à l'arrière avec mes copains.

– Ah ! Je suis content d'avoir un bar dans cette voiture ! m'exclamai-je en prenant un soda. Vous voulez quelque chose, les gars ?

Josh ne répondit pas. Il remonta la vitre fumée qui nous séparait du chauffeur et de Pasha. Puis il se tourna vers Andy :

— Tu as toujours le magazine qu'il a signé ce matin ?

— Ouais...

Andy le sortit de son sac et le tendit à Josh, qui étudia l'autographe.

— Jacob Lakowsky, commenta-t-il. Ça commence par JA.

— Comme Jack, acheva Andy.

— De quoi parlez-vous ? demandai-je, prétendant ne rien comprendre.

Josh ne prit pas la peine de me répondre. Il feuilleta le magazine et s'arrêta sur une page. Il releva la tête avec un air triomphant :

— Tu es démasqué, coyote à foie jaune !

Il me présenta le magazine. La photo d'Eric Lake s'étalait en pleine page avec son autographe.

— Comment as-tu osé nous faire ça ? grogna Josh.

— Faire quoi ?

— Arrête ton char, Jack. On sait que c'est toi...

— Je ne vois vraiment pas de quoi vous parlez !

Josh prit Andy à témoin :

— Il est incroyable ! Faire un truc pareil sans nous avertir ? Et ça se dit notre ami !

— Tu connais Jack, répliqua Andy. Il ne voulait

déjà pas nous prévenir qu'Eric Lake s'installait chez lui. C'est un sale égoïste. Laissons-le tomber.
– Tu lis dans mes pensées, approuva Josh.
Je décidai de faire une dernière tentative :
– Quelqu'un peut m'expliquer ce qui se passe ?
Josh se pencha légèrement vers moi :
– Je vais te dire ce qui se passe. Ce matin, tu as signé Eric Lake sur la couverture. Mais ton gribouillis n'a rien à voir avec l'autographe de la star. Ensuite, au basket, tu nous fais ton bras roulé à l'aveuglette. Et, il y a cinq minutes à peine, moi, petit collégien de rien du tout, je demande à M. Eric Lake, star internationale, d'envoyer son garde du corps à l'avant, et qu'est-ce qu'il me répond ? « Pourquoi ? »
Je poussai un profond soupir :
– D'accord, vous avez raison !
– Réfléchis un peu, crâne de piaf, poursuivit Josh. Une star internationale m'aurait envoyé balader.
– Eh oui. Tu as été très mauvais sur ce coup, ajouta Andy pour m'enfoncer davantage. Tu ressembles peut-être à une star, mais tu te comportes toujours comme un gros nul.
– Bon... C'est vrai, soupirai-je. Eric et moi avons échangé nos corps.

– Pourquoi ? demanda Andy.

– Parce qu'il a vingt-cinq ans et qu'il en a assez de jouer les adolescents. Il m'a dit que je pouvais m'en sortir mieux que lui, parce que moi, j'étais motivé.

– Et tu vas tourner ce film ? insista Josh.

– Je vais essayer. Pourquoi pas ?

– C'est injuste ! grogna Josh. C'est toujours toi qui a les bons plans.

– Attends une minute ! s'écria Andy. Tu vas être la vedette du film ?

– Oui, et alors ?

– Alors, tu peux nous imposer sur le tournage !

– Exact ! fit Josh.

Il se tourna vers Andy et lui serra la main :

– Andy, mon ami, tu es génial.

18

Josh et Andy chantèrent à tue-tête pendant le reste du trajet :
« Ah là là, c'est géant, on sera sur l'écran !
On est jeunes, on est beaux, prenez-nous en photo !
Pour la presse, c'est OK, mais cinq minutes, pas plus !
Maquilleuse ! éclairages ! C'est quoi, mon bon profil ?
Pour la tonne de courrier, posez ça là, merci !
Et puis, en sortant, virez les paparazzi ! »

Mes copains n'avaient pas beaucoup apprécié que je leur aie caché mon échange de corps avec Eric Lake. Mais je les comprenais. Ils avaient toujours été au courant des autres. Ça n'était pas très sympa de les avoir tenus à l'écart, surtout sur un coup aussi fumant.

Charlie les déposa chez eux et prit le chemin de la maison. Pour une fois, il n'y avait plus personne dehors. Je montai directement à l'étage. À voir la vapeur qui s'échappait de la salle de bains, je devinai qu'Eric s'était accordé une longue douche brûlante. La porte de ma chambre était fermée. Eric devait être allongé sur mon lit avec un bon roman d'aventures.

Pasha bâilla à s'en décrocher la mâchoire et porta vivement sa main à la bouche.

– C'est bon, Pasha, lui dis-je. Tu as bien travaillé depuis deux jours, tu dois être épuisé.

– Pas de problème, patron!

– La foule est partie, insistai-je. Plus personne ne va grimper aux fenêtres. Descends au salon et allonge-toi un peu.

– Vous êtes sûr, Monsieur Eric? s'étonna-t-il.

– Fais ce que je te dis…

Pasha se rendit en bas pendant que je prenais une rapide douche glacée.

En sortant, j'entendis des ronflements sonores qui montaient jusqu'à l'étage. Je passais devant la chambre de ma sœur quand elle ouvrit la porte. Elle était toujours habillée comme une fermière.

– Monsieur Lake ?
– Oui ?
– Vous commencez à tourner demain ?
– Exact.

Elle se mordit la lèvre :

– Vous serez sûrement très occupé.
– Ça, c'est sûr !

Jessica hésita un instant et, soudain, déposa un rapide baiser sur ma joue :

– Ce fut un plaisir de vous avoir ici, Monsieur Lake.
– Pour moi aussi.

Avant de descendre, je me retournai. Jessica était adossée contre le mur avec un air triste et rêveur. En bas, je téléphonai à l'hôtel qui accueillait l'équipe du tournage et demandai Rita Picky. Elle ronchonna en apprenant que je voulais des petits rôles pour Josh et Andy ; mais j'insistai lourdement, et elle finit par céder.

19

Le lendemain, il faisait encore nuit noire quand une main me secoua par l'épaule. J'ouvris un œil glauque. C'était Rita Picky.
– Debout, Eric chou, c'est l'heure !
– Mmm ? grognai-je d'une voix pâteuse.
– Le tournage va bientôt commencer, m'informa-t-elle. Tu as juste le temps de te préparer.
– Il est quelle heure ?
– Un peu plus de quatre heures...
Du matin ? Je ramenai les couvertures à moi et roulai sur le côté.

– Laisse-moi dormir !

Rita me secoua encore, avec énergie cette fois.

– Fini de s'amuser, chéri ! On passe aux choses sérieuses. Tu joues ta carrière, mon chou, n'oublie pas ça. Si ce film fait un bide dans les salles, on ne voudra plus de toi, même pour les pubs de lessive. Alors, debout !

Rita alluma le plafonnier et quitta ma chambre sans autre commentaire. Je restai un instant immobile, ébloui par la lumière aveuglante. Puis je repensai à la tirade d'Eric la veille, à l'école. Le film reposait sur ses épaules. Tout le monde dépendait de lui.

Je pris une douche et m'habillai. Et là, j'eus un sentiment bizarre. J'avais beau être dans la peau d'une star adorée par des millions de fans, je me sentais seul. Les gens voulaient un autographe ou une photo. Rien de plus. Personne ne cherchait à me connaître vraiment. Ils se fichaient bien de ce que je pouvais ressentir.

Quand je quittai la chambre d'amis, Jessica m'attendait devant ma porte. Elle m'embrassa une nouvelle fois sur la joue :

– Cassez-vous une jambe, Monsieur Lake.

Je descendis à la cuisine. Ma mère était déjà debout. Une fois encore, elle avait préparé le petit déjeuner pour la tribu. Ça sentait délicieusement bon, mais rien de tout ça n'était pour moi. Herb me présenta une mixture infâme : du yaourt maigre avec des germes de blé.

Je secouai la tête :

— Désolé, Herb, mais je refuse d'avaler cette chose.

Un silence gêné tomba sur la cuisine.

— Tu as une longue journée de travail devant toi, insista-t-il. Tu ne tiendras jamais le ventre vide. Tu veux un cocktail de vitamines ?

— Va pour le cocktail, cédai-je, histoire de rassurer mon entourage.

Herb prépara un mélange et le versa dans une bouteille en plastique. Au moment de partir, ma mère m'embrassa sur la joue :

— Cassez-vous une jambe, Monsieur Lake.

À cinq heures du matin, la rue était déserte. Nous prîmes place dans la limousine, et Charlie démarra.

— Pourquoi tout le monde souhaite que je me casse une jambe ? demandai-je.

Rita eut un petit rire embarrassé :

— Tu plaisantes, Eric ?

Je secouai la tête. Mon entourage échangea des regards nerveux. Marge me donna la réponse :

— Tu sais bien, c'est ce qu'on dit toujours à Hollywood. C'est notre façon de te souhaiter bonne chance.

Personne ne dit plus rien durant le trajet.

La limousine arriva au collège. Les alentours du gymnase étaient envahis de véhicules techniques et de caravanes. Charlie se gara devant l'une d'elles.

— Voilà…, dit Rita Picky.

— Voilà quoi ? m'étonnai-je.

— Ta loge…

— Ah…

Charlie vint m'ouvrir et je sortis.

— Eric ? Tu vas bien ? s'inquiéta Rita.

— Oui, pourquoi ?

J'entrai avec Herb, et Pasha prit place devant la porte. L'intérieur de la caravane était aménagé comme une loge de théâtre. Il y avait un grand miroir bordé d'ampoules, une table de maquillage et de nombreux portants remplis

de costumes. Herb alla décrocher une tenue.
– Bien, Eric, mon chou. Tu vas d'abord passer ça.
Quand je finis de m'habiller, Marge nous avait rejoints.
Je marquai un temps d'arrêt en la voyant. Elle n'allait pas me faire travailler mes abdominaux maintenant ?
– Allez, Eric, me pressa Herb. On y va !
J'allai m'asseoir devant le grand miroir. Pendant que Herb me maquillait et arrangeait ma coiffure, Marge s'installa à côté de moi. Elle ouvrit un grand classeur qui contenait le scénario du film. Certains passages étaient soulignés au marqueur fluo.
– Voilà ton texte, annonça-t-elle.
Je le parcourus rapidement.
– Hé ! C'est plutôt rigolo. Ça n'a rien d'effrayant ! m'exclamai-je.
Marge eut un sourire narquois :
– Évidemment, gros bêta. C'est une parodie de film d'horreur.
Oh ! C'était donc ça, le grand secret de ce film !
Marge me fit répéter les dialogues. Au-dehors, le jour se levait et une intense activité commençait à

régner sur le parking. Je jetai un coup d'œil par la fenêtre de la caravane et aperçus Josh et Andy. Rita avait finalement réussi à les caser sur le tournage. Eric était là, lui aussi. Elle avait dû obtenir à Jack un rôle de figuration en récompense de ce qu'il avait fait pour la star.

Quelqu'un frappa à la porte :

— Eric Lake sur le plateau dans trente secondes !

— Vas-y, mon chou, m'encouragea Marge. Casse la baraque !

C'était parti. J'allais tourner mon premier film.

20

Un type avec un talkie-walkie m'attendait au-dehors. Il me guida vers le plateau sans cesser de parler dans l'appareil. Dans le gymnase, c'était un remue-ménage incroyable. Des électriciens transportaient d'énormes projecteurs, des menuisiers montaient les décors et l'espace résonnait du bruit des marteaux. Un groupe électrogène ronronnait à l'extérieur du local, relié à de gros câbles noirs qui couraient sur le sol. C'était bizarre. Personne ne m'accordait la moindre attention.

L'homme au talkie-walkie me conduisit jusqu'au vestiaire des garçons. Là aussi une foule de techniciens s'affairait. Ils installaient des caméras, des micros, réglaient les projecteurs. Drew De Mille, toujours vêtu de son pantalon blanc et de sa chemise hawaïenne, était assis sur un fauteuil pliant. Il me salua d'un geste de la main.
– Ravi de te voir, Eric. Prêt à tourner ?
Il frappa dans ses mains et s'adressa aux techniciens :
– C'est bon ! On commence !
Quelques secondes plus tard, je me retrouvai devant un casier de gym. Les projecteurs et plusieurs caméras étaient braqués sur moi. Une grande perche avec un micro au bout planait au-dessus de ma tête. La chaleur des projecteurs était étouffante. Un culturiste à la musculature impressionnante pénétra à son tour sur le plateau. Son bras droit était recouvert d'un maquillage verdâtre à l'aspect visqueux.
– Bien, Eric. Je t'explique la scène, lança Drew depuis son fauteuil. Tu es un collégien qui vient se changer dans les vestiaires. Tu défais le cadenas de ton casier. Au moment où tu ouvres la porte, le

bras du monstre en jaillit et te saisit à la gorge. Tu luttes pour te dégager… Je veux un combat long et énergique. Cette scène doit avoir du sens.

– Compris, dis-je.

Le culturiste au bras maquillé passa derrière le décor où se trouvait le casier.

– Bien. Silence sur le plateau!

Les techniciens s'immobilisèrent, et tous les regards se braquèrent sur moi.

– C'est OK pour le son?

– OK.

– Action! hurla Drew.

J'exécutai la scène selon les consignes. Après quelques minutes de lutte acharnée avec le bras monstrueux, je fis semblant de me libérer.

– Coupez! cria Drew.

L'assistance applaudit poliment et le culturiste ressortit du décor.

– C'était pas mal, commenta le réalisateur. À présent, j'aimerais davantage de suspense. Tu ouvres ton casier et tu te recoiffes dans le miroir à l'intérieur de la porte. On laisse passer quelques secondes, et là, le monstre attaque.

Chacun reprit sa place et nous rejouâmes la

scène. Là encore, il y eut quelques applaudissements ; mais je sentais bien que ce n'était pas génial. Drew se tourna vers Rita, qui discutait avec quelqu'un au talkie-walkie :
– Qu'est-ce que tu en penses ?
Rita fit une petite grimace :
– Je ne sais pas... C'est un peu mou.
Drew massa ses joues d'un air pensif.
– Tu sais ce qui serait marrant ? intervins-je.
– Quoi donc, Eric ?
– Beaucoup d'élèves jettent leurs vêtements au fond de leur casier. Au moment où le monstre étend son bras, je m'agenouille pour récupérer mes affaires. Il me manque et fouille dans le vide. Moi, je ne me rends compte de rien. Peut-être qu'en me relevant je pourrais refermer la porte sur son bras par accident.
– Mais c'est... excellent, Eric, souffla Drew, stupéfait.
Rita reposa son appareil et se tourna vers moi, abasourdie :
– Eric, mon chou, c'est une idée géniale !
Après cette scène, on fit encore une dizaine de prises, en essayant chaque fois les idées que je suggérais.

– C'est dans la boîte ! hurla finalement Drew.
Il avait un large sourire aux lèvres. Des applaudissements nourris crépitèrent. Il y eut même quelques cris admiratifs. De toute évidence, nous avions fait du bon travail.

21

Drew m'assena une grande tape dans le dos :
— Eric, tu as été grandiose !
Les techniciens se mirent à ranger les lumières et à déplacer les caméras.
— Qu'est-ce que je fais maintenant ? demandai-je.
Tout le monde éclata de rire.
— Tu retournes à ta caravane et tu te reposes, Eric, annonça Drew. Prépare-toi pour la scène suivante. On ira te chercher quand tout sera prêt.
Je me sentais un peu désorienté. Comme je rega-

gnais le parking, les techniciens me félicitèrent tour à tour.
– Bien joué, Eric !
– Bon boulot !
Rita me rattrapa en chemin. Elle semblait ravie :
– Eric, mon chou, c'était prodigieux ! Je ne t'ai jamais vu aussi impliqué sur un tournage depuis le premier *Démangeaisons mortelles* !
Sa remarque m'arracha un sourire :
– C'est un nouvel Eric que tu as devant toi, Rita.
– Continue comme ça ! Tu tiens le bon bout !
Herb m'attendait à l'intérieur. Il me fit asseoir pour me démaquiller. Lui aussi était radieux :
– Tu tiens une forme extraordinaire, Eric !
Marge fit irruption dans la loge :
– Eric, mon chou ! Tout le monde ne parle que de ta performance !
Je tournai quatre autres scènes, ce jour-là. À chaque fois, on commençait selon le scénario, mais bientôt, les idées fusaient, et on le modifiait en cours de route. Andy et Josh firent une petite apparition comme figurants dans les deux dernières prises. L'ensemble de l'équipe était enthousiaste et ne parlait plus que de la renaissance d'Eric Lake.

Quand je regagnai la caravane en fin de journée, j'étais épuisé. Herb ôta mon maquillage de scène. Drew et Rita arrivèrent, suivis d'un tas d'inconnus très exubérants. Tout le monde parlait en même temps et me félicitait. Quand ils s'en allèrent, la nuit tombait presque.

— Prêt à partir, Eric ? me demanda Herb.

— Je vous rejoindrai, répondis-je. J'aimerais être seul un moment.

Herb sourit :

— Après une journée pareille, c'est normal.

Je restai un instant à savourer le silence.

« Wouah ! me dis-je. C'est donc ça, le métier de star ? Pas facile : une nourriture infecte, des horaires impossibles. Mais qu'est-ce que c'est bien quand ça marche ! »

Des coups résonnèrent soudain à ma porte.

— Entrez, dis-je.

C'était le vrai Eric Lake sous son apparence de Jack Sherman.

— Bravo, commenta-t-il. Tout le monde ne parle que de toi, aujourd'hui.

— Merci…

— Bien… Et maintenant, qu'est-ce qu'on fait ?

Il devait avoir une idée derrière la tête, car il gigotait nerveusement dans mon corps.

– Il y a un problème ?

– J'ai un aveu à te faire. J'ai menti en prétendant que j'en avais marre d'être acteur…

Je n'eus pas le temps de lui demander pourquoi.

– En fait, j'avais peur.

– Peur ? répétai-je, étonné. De quoi ?

– De tourner un film comique. Mais je t'ai vu aujourd'hui. Je peux faire aussi bien, je le sais. Alors, je veux récupérer mon corps.

– Maintenant ?

– Oui, maintenant !

Je ne savais pas quoi dire. Je n'avais aucune envie de lui rendre son corps. Je voulais faire ce film, voir de quoi j'étais capable. Finalement, c'était très agréable d'être félicité pour un bon travail. Et puis, je commençais à apprécier d'être célèbre.

La porte de ma caravane s'ouvrit. C'était Rita.

– Qu'est-ce que tu fais là, Jack ? demanda-t-elle à Eric.

– Euh… je suis venu féliciter Eric.

– C'est très gentil, mais tu dois rentrer chez toi maintenant. Eric a besoin de repos.

— Bon...

Il gagna la porte, et avant de partir il se tourna vers moi :

— Tu dois le faire, Jack.

Rita me regarda en levant un sourcil :

— Qu'est-ce qu'il raconte, Eric chou ? Pourquoi t'a-t-il appelé Jack ?

— Je n'en sais rien, répondis-je rapidement. C'est sûrement une blague de môme. On y va ?

— Quand tu veux ! lança joyeusement Rita. Tu dois être épuisé. Je te conduis à notre hôtel.

— L'hôtel ? Mais... Et ma... euh, la maison de Jack ?

— Tu ne vas pas rester dans cette baraque ! Tu as fini d'observer ce gamin. La production t'a réservé la plus grande suite de l'hôtel. Tu te reposeras mieux que dans cette chambre minuscule.

— Mais je préfère rester là-bas ! insistai-je. C'est... très reposant. Où crois-tu que j'aie trouvé toutes les idées d'aujourd'hui ?

Rita se gratta l'oreille et me regarda bizarrement :

— D'accord, Eric, sourit-elle enfin. Retourne chez les Sherman, si ça t'inspire autant. Je les appelle tout de suite.

22

Il était tard quand Rita me déposa devant la maison en disant qu'elle serait là aux aurores, le lendemain. J'étais réellement affamé. J'envoyai Pasha se coucher et me glissai dans la cuisine avec l'espoir de grignoter quelque chose.
Et là, surprise : Eric était en grande réunion avec Josh, Andy et Jessica. Ils me lancèrent un regard meurtrier.
– Tu leur as tout raconté ? protestai-je.
Eric désigna mes copains :
– Ils étaient déjà au courant.

– Salaud! Tu m'as obligé à m'habiller en fermière! grogna Jessica.

– Et tu as menti à Eric, ajouta Josh.

– Ouais! tu lui as raconté que la mini-machine était un Walkman, râla Andy.

– Tu ferais mieux de lui rendre son corps, dit Josh d'un ton menaçant.

– Pourquoi?

– Parce que c'est injuste que tu sois une star et pas nous, répondit Andy.

– Hé! Je vous ai obtenu des rôles dans le film! argumentai-je.

– Ça n'a rien à voir, intervint Jessica. Eric a travaillé dur pour réussir. Il a tout sacrifié pour être une star. Et maintenant, tu veux lui voler sa célébrité.

– Pas du tout! C'était seulement pour ce film. On devait chacun retrouver notre corps à la fin du tournage.

– C'est ça! intervint le vrai Eric. Et à la fin du film, tu voudras attendre la sortie en salles ou tu trouveras un autre prétexte.

Il me regarda droit dans les yeux et poursuivit:

– Tu l'as dit toi-même, Jack. Tout le monde veut

être célèbre. Mais contrairement à toi au collège, les stars travaillent dur pour y arriver.

– J'ai vu, admis-je.

– Donc, si tu es d'accord, rends-lui son corps, conclut Josh.

Je ne savais plus quoi dire.

– Alors ? insista ma sœur en pianotant sur la table.

– On a passé un marché ! plaidai-je. On devait attendre la fin du film.

Eric se tourna vers les autres :

– Vous voyez ? Je le savais bien. Il refuse.

– Je le ferai… Mais pas tout de suite.

– Jack, tu me déçois beaucoup, conclut ma sœur.

– Je ne peux pas croire que tu me fasses une chose pareille, ajouta Eric.

– C'est absolument dégoûtant, renchérit Josh.

Seul Andy n'était pas intervenu. Il était mon dernier espoir.

– Tu penses comme eux, Andy ? demandai-je.

Il haussa les épaules :

– Si tu restes dans le corps d'Eric Lake, je pourrai avoir ton nouveau skateboard ?

23

Je passai finalement la nuit à l'hôtel. Ma sœur, Eric et mes copains m'avaient tellement énervé que je demandai à Charlie de m'y conduire.
Le lendemain matin, je retournai sur le plateau.
– Continue comme hier, m'encouragea Rita. Tout le monde est persuadé que ce film va te propulser au sommet du box-office.
Une fois sur place, je gagnai ma caravane et Herb me maquilla. Marge arriva avec le scénario :
– Alors, lança-t-elle joyeusement. Prêt pour la grande scène de la douche ?

– Moi sous la douche ?

– Voyons, Eric ! Tu l'as fait des millions de fois.

– Bien sûr, mentis-je. Mais on ne filme que le haut, hein ?

– Sinon, tu portes un slip couleur chair, et personne ne fait la différence.

– Ah bon, fis-je, soulagé.

– Le seul problème, c'est que les tarentules n'aiment pas l'eau.

– Les tarentules ? m'effrayai-je.

– Eric, tu me fais encore marcher, sourit-elle. Tu travailles là-dessus depuis des mois avec Drew. Ça sera la scène la plus terrifiante jamais tournée. À côté, celle du premier *Démangeaisons mortelles* avec les cafards géants passera pour une plaisanterie.

– Moi et des tarentules sous la douche ? paniquai-je. La plus grande scène d'horreur jamais tournée ?

– Et évite de marcher dessus, me prévint Marge. Ces bestioles sont hors de prix.

Je m'affalai sur mon siège, hébété, pendant que Marge m'expliquait les détails de la scène : Eric prend sa douche quand soudain les tarentules arrivent de toute part. On arrête la prise et les techniciens des effets spéciaux collent des dizaines de fausses araignées sur moi. Mais pour plus de réalisme, ils ajoutent des vraies. À la fin de la prise, j'allais être totalement recouvert de tarentules venimeuses.

La plus grande scène d'horreur jamais tournée !

Je jetai un coup d'œil par la fenêtre et vis Josh qui traversait le parking.

— Marge ? dis-je. Tu m'excuses un instant ? Je dois sortir.

— Bien sûr, mais fais vite !

Je me précipitai à la rencontre de mon copain. Il me jeta un regard mauvais.

— Je veux te parler trente secondes ! annonçai-je.

— Parler de quoi ?

Je regardai autour de moi. Le parking grouillait de techniciens.

— Marchons un peu, dis-je en l'entraînant à l'écart.

— Qu'est-ce que tu veux ?

— J'ai repensé à hier soir, Josh. Tu avais raison : c'est nul de vouloir voler le film à Eric. Mais je ne sais pas si tu n'as pas dit ça juste pour faire plaisir aux autres.

– Non, non. Je le pense réellement !
– Je devrais donc laisser tomber un truc aussi incroyable, palpitant, drôle, et retourner dans mon corps ?

Josh hésita un instant :
– C'est vraiment si génial ?
– Tu ne peux pas savoir. Un vrai bonheur !

Josh se gratta pensivement le crâne.
– Tu dois rendre son corps à Eric, c'est sûr. Mais je me demandais... On est amis depuis longtemps, on a fait plein de choses ensemble, n'est-ce pas ?
– C'est vrai...
– Et je ne t'ai pas demandé grand-chose ces derniers temps ?
– Ça, on peut en discuter, fis-je avec une moue incertaine.
– Bon, d'accord, admit Josh. Oublie... Mais je suis quand même ton meilleur ami, pas vrai ?

Je fis semblant de ne pas comprendre :
– Où veux-tu en venir ?

Josh regarda tout autour de lui pour s'assurer que personne ne nous écoutait.
– Tu dois lui rendre son corps, mais...

– Oui ?
– Tu pourrais me le prêter pour une journée ? chuchota-t-il, rempli d'espoir.
– Le corps d'Eric ? Tu n'y penses pas !
– S'il te plaît, Jack !
– Prêter un skateboard ou un CD, passe encore. Mais le corps d'une star !
– Eric ! hurla Marge à ce moment-là depuis la caravane. Reviens ! On t'attend pour la scène.
Josh prit un air dépité :
– Tu es pressé…
– Oui. On n'aura jamais le temps de repasser chez moi.
– Pour quoi faire ? demanda Josh.
– Pour prendre la mini-machine.
Josh fit une grimace gênée et ouvrit son sac à dos :
– En fait… je l'ai avec moi.
– Qu'est-ce que tu fabriques avec ? m'emportai-je.
Josh détourna le regard et s'éclaircit la gorge :
– C'est que… après ton départ à l'hôtel, hier soir, on a élaboré un plan.
– Un plan ?
– Oui. Eric nous a convaincus qu'il fallait t'enlever pendant la pause de midi, te conduire dans

la caravane et vous faire échanger vos corps... Tu n'es pas fâché ?

– Fâché ? Non, pas vraiment... Je peux comprendre ça.

– Alors, tu veux bien encore me prêter le corps d'Eric ? demanda Josh, plein d'espoir.

– Eric ! Qu'est-ce que tu fais ? hurla Marge. On t'attend sur le plateau.

– C'est d'accord, Josh. Tu le mérites ! Mais il faut faire vite !

– On y va !

Il me tendit un des casques de la machine et coiffa l'autre.

– Prêt ? demanda-t-il.

– Prêt !

Josh appuya sur le bouton.

Vlan !

24

Quand j'ouvris les yeux, Eric Lake était devant moi. Mais maintenant, c'était Josh qui occupait son corps.

– Génial, s'exclama-t-il en se regardant.

Il leva les yeux vers moi :

– Merci, Josh, euh… C'est moi Josh. Alors, merci Jack. C'est très sympa de ta part !

– Eric ! s'écria une nouvelle fois Marge. Qu'est-ce que tu fiches ? On t'attend !

– Il faut que j'y aille, dit Josh.

– N'oublie pas de renvoyer ta mèche en arrière et

de sourire. C'est la marque de fabrique d'Eric.
— Qu'est-ce que je fais pour la scène ? s'inquiéta-t-il.
— Tu suis les consignes qu'ils te donnent, et tout ira bien !
— D'accord, Josh… non Jack, euh, Josh. Je ne sais pas comment te remercier !
— De rien, c'est naturel. Vas-y maintenant !
Il partit en courant vers la caravane et je contemplai le corps minable dans lequel je me trouvais. « La vie est bizarre, me dis-je. Cinq minutes avant, j'étais une star célèbre, et voilà que je me retrouve dans la peau d'un collégien rondouillard ! » Mais la situation avait ses bons côtés. Je rigolais d'avance en imaginant Josh couvert de milliers de tarentules.
Je traversais le parking quand quelqu'un appela Josh. Mais j'étais si occupé à penser aux araignées que j'avais oublié dans quel corps j'étais. Andy me rattrapa en courant :
— Hé, Josh ! haleta-t-il, tu ne m'entendais pas ?
— Euh… non.
— Tu deviens sourd, mon gars ! Je t'appelle depuis cinq minutes !

– Oh, désolé, fis-je.

– Bon… Tu l'as apportée ? me pressa-t-il.

– Apporter quoi ?

– La mini-machine, enfin…

Il me regarda bizarrement :

– Tu es sûr que ça va ?

– Oui, oui…, le rassurai-je.

Je tapotai le paquet de Josh :

– Tout est là…

– Parfait. Donc, on attend midi. On attrape Jack, et on fait l'échange.

– Pas de problème, dis-je.

De l'autre côté du parking, Josh piégé dans le corps d'Eric quitta sa caravane. Il était simplement vêtu d'un peignoir.

– Regarde-moi ce gros nul qui veut jouer les stars ! grogna Andy. Il se prend pour qui ?

On voulut entrer au gymnase, mais un vigile nous arrêta d'un geste :

– Désolé, aucun figurant sur le plateau.

– Pourquoi ? demanda Andy.

– Ils tournent une scène importante trop secrète. Ça sera la grande surprise du film.

Il nous fallut donc attendre dehors.

– Une surprise ? grogna Andy. Attends que Jack voie celle qu'on lui a préparée pour midi !

– Il n'attendra pas jusque-là, pensai-je tout haut.

– Pourquoi tu dis ça ?

– Pour rien, m'empressai-je de répondre. Je me disais que la vie est parfois surprenante.

Josh leva un sourcil :

– Ouais... si tu le dis...

Nous n'avions pas pu entrer, mais je savais ce qui se passait à l'intérieur : Drew De Mille, des dizaines de techniciens, et au milieu de tout ça, Josh avec ses copines les tarentules.

Soudain, la porte du gymnase s'ouvrit avec fracas et Josh sortit tel un météore.

– Au secours, les gars ! hurla-t-il en nous apercevant.

– Qu'est-ce qui se passe ? demanda Andy.

– Ils veulent que je fasse un truc horrible ! C'est monstrueux !

– Tu voulais être une star, Jack ? Assume, mon gars ! répliqua Andy.

– Pas du tout, Andy, s'écria Josh en me désignant. C'est Jack qui voulait jouer les stars. Moi, c'était par curiosité !

Andy parut confus :
— Pourquoi tu montres Josh en l'appelant Jack ?
Mais Josh dans le corps d'Eric n'eut pas le temps de s'expliquer : Rita venait de surgir du gymnase.
— Quel est ton problème, Eric chou ? Ce ne sont que des tarentules.
— Des tarentules ? répéta Andy, sans comprendre.
— Accorde-moi une seconde, Rita, supplia Josh. Je fais un saut à ma caravane.
Rita fronça les sourcils :
— D'accord, Eric. Mais fais vite, tout le monde t'attend !
Josh partit en courant, et nous nous précipitâmes à sa suite. Il boucla la porte derrière lui et se tourna vers moi :
— Sors la mini-machine, Jack. Je veux abandonner ce corps. Vite !
— Pourquoi tu l'appelles Jack ? demanda Andy. C'est Josh.
Josh dans le corps d'Eric secoua la tête :
— Non, lui, c'est Jack.
Andy resta bouche bée :
— Attends une minute ! Si Jack est dans le corps de Josh, alors, tu es qui ?

– Je suis moi, répondit Josh.

– Qui ça, moi?

– Josh!

– Vous avez déjà fait l'échange? Pourquoi? s'étonna Andy.

– Ça serait trop long à t'expliquer, dit Josh. Pour l'instant, faites-moi sortir de ce corps.

– Tout ça pour une tarentule? demanda Andy.

– Pas *une* tarentule! hurla Josh. Des centaines de tarentules! Des milliers de tarentules! Et elles vont grouiller de partout! Sur moi!

– Beuh! fit Andy.

– Comme tu dis!

Il se tourna vers moi :

– Rends-moi mon corps, Jack!

– Pas question, répondis-je. Tu auras ton corps quand j'aurai récupéré le mien. En attendant, je refuse de jouer cette scène.

Josh me lança un regard noir :

– Tu étais au courant? C'est pour ça que tu as accepté si facilement!

– Hé! protestai-je. Vous vouliez me faire le même coup à midi!

– Rends-lui son corps! hurla Andy. Tu voulais

jouer les stars ? Alors vas-y !

– Tu peux toujours courir !

Bang ! Bang ! On frappa violemment à la porte.

– Eric ? Tout le monde t'attend !

– C'est Rita, chuchotai-je.

Josh devint livide :

– Allez, Jack. Rends-moi mon corps, par pitié !

– Non ! refusai-je fermement.

– Qu'est-ce que je vais devenir ? s'alarma Josh.

– Trouve Eric et fais l'échange avec lui. Il retrouvera son corps, et toi tu seras dans le mien. Ensuite, on échangera encore, et tout rentrera dans l'ordre.

Josh piégé dans le corps d'Eric jeta un coup d'œil par la fenêtre de la caravane.

– Rita est plantée devant la porte, et je ne vois Eric nulle part.

Je regardai à mon tour, mais quand Rita nous aperçut, Andy et moi dans le corps de Josh, elle fonça rageusement en direction du collège.

– Oh-oh, les gars ! fis-je. On va avoir des problèmes !

25

Rita revint moins d'une minute plus tard, accompagnée du proviseur Blanco. À la manière dont elle gesticulait, on voyait bien qu'elle était en colère.

Le proviseur tambourina à la porte de la loge :
– Andy Kent! Josh Hopka! Sortez immédiatement! Vous n'avez rien à faire ici. Quittez cette caravane, ou je vous renvoie de l'établissement!
– Qu'est-ce qu'on fait? grimaça Josh.
– Vous faites ce que vous voulez, dit Andy. Moi, je retourne en cours.

Josh dans le corps de la star me regarda dans le sien :

– Et toi, Jack ?

Je jetai un coup d'œil par la fenêtre. Rita hurlait dans son talkie-walkie. Elle était écarlate. Elle dit quelque chose au proviseur, et fonça de nouveau en direction du gymnase.

Soudain, j'eus une idée lumineuse. J'allai ouvrir.

– Tu vas avoir de gros problèmes, Josh ! gronda Blanco.

– Je sais, Monsieur, répondis-je. Mais pouvez-vous entrer une seconde ?

– Pourquoi ?

– M. Lake aimerait vous parler. Il dit que c'est très important !

Le proviseur entra.

– Vous voulez me voir, Monsieur Lake ?

– Moi ? s'étonna Josh dans le corps de la star.

Dans le dos du proviseur, je lui lançai un regard appuyé en hochant vigoureusement la tête.

– Euh... C'est exact, M. Blanco, se rattrapa Josh. Je voulais vous parler de, euh...

Il regarda de mon côté

– Vous vous souvenez de la fois où nous avons

échangé nos corps? volai-je à son secours.
— Si je m'en souviens? Ça a failli ruiner ma carrière!
— Eh bien, M. Lake se demandait si vous ne voudriez pas faire la même chose avec lui.
— Moi? s'exclama le proviseur. Pourquoi donc?
Comme je ne trouvais pas de raison valable, je passai le relais à Andy.
— Voyez-vous, commença-t-il, M. Lake a un gros problème...
— Lequel? demanda le proviseur.
— Eh bien...
Andy chercha à nouveau mon aide, en vain.
— J'ai un gros problème de cheveux, lança soudain Josh-Eric.
— Vos cheveux sont superbes, Monsieur Lake, lui assura le proviseur.
— On a beau lui répéter que tout est normal, il est persuadé du contraire, dit Andy.
— Et maintenant, il refuse de jouer, ajoutai-je.
— En quoi suis-je concerné? demanda le proviseur.
— Avez-vous déjà eu des problèmes de cheveux? demanda Andy.
— Moi? Jamais!
— Alors, vous êtes l'homme de la situation! m'ex-

clamai-je. Et, en plus, vous avez une solide expérience d'acteur.

– Ah bon ? fit Andy.

– Il a joué la comédie à la fac, lui expliquai-je.

– Comment sais-tu ça, Josh ? s'étonna le proviseur.

– Euh… Jack m'en a parlé, me rattrapai-je.

– De toute manière, c'est impossible, objecta Blanco. La machine de M. Dupont est enfermée dans son laboratoire.

Bang ! Bang ! Bang ! La porte de la caravane faillit exploser sous les coups de poing.

– Eric ! hurla Rita. Qu'est-ce que tu fabriques ? On perd du temps !

Plus une minute à perdre ! Je m'emparai de la mini-machine et tendis un des casques au proviseur.

– Qu'est-ce que c'est ?

– Mettez-le ! lui ordonnai-je.

Je posai l'autre sur le crâne de Josh.

– Je vais écouter de la musique ?

– C'est ça ! lançai-je en appuyant sur le bouton.

Vlan !

26

Après le transfert, Josh et le proviseur étaient un peu secoués. Blanco tenait à peine sur ses jambes.
– Attendez ! s'écria Blanco, qui habitait à présent le corps d'Eric. Ma seule expérience d'acteur est d'avoir ôté mes vêtements sur scène.
– Alors, vous serez parfait pour ce rôle, dis-je en le poussant rapidement dehors.
– Enfin ! Ce n'est pas trop tôt ! hurla Rita.
Sur ces mots, elle l'entraîna sans ménagement en direction du gymnase. Josh posa lourdement son corps de proviseur sur une chaise.

– Heureusement que ça a marché, souffla-t-il.
– Mais que va-t-il se passer si Blanco panique en voyant les araignées ?
– On s'en fiche, répondis-je. Ils ne le lâcheront pas. Il tournera cette scène, même s'ils doivent l'attacher.
Au même instant, la porte de la caravane s'ouvrit brutalement et Eric entra.
– Que se passe-t-il ? Je viens de croiser Rita qui poussait Jack vers le gymnase. Il semblait paniqué.
Mes amis et moi échangeâmes un regard complice. C'était trop drôle ! Je me trouvais dans le corps de Josh, qui était dans celui du proviseur. Seul Andy était lui-même.
– Jack n'est plus dans ton corps, l'informa Andy.
– Comment ? paniqua Eric. Qui est dedans, alors ?
– Tu ne me croiras jamais ! répondis-je.
À la fin de notre récit, Eric se gratta le crâne, l'air un peu perdu :
– Laissez-moi récapituler : Josh est dans le corps du proviseur, Jack est dans celui de Josh et votre proviseur est dans le mien, alors que moi-même, je suis dans celui de Jack, c'est bien ça ?

– Voilà ! s'exclama tout le monde.
– Vous êtes sûrs que Blanco va me le rendre ? s'inquiéta Eric. Qu'est-ce qu'on fera s'il souhaite le garder ?
– Rassure-toi, dis-je. Quand il aura fini de tourner la scène, je peux t'assurer qu'il n'en voudra plus.
Quelques minutes s'écoulèrent, et la porte de la caravane s'ouvrit. Rita et Pasha transportèrent Eric à l'intérieur. Il était visiblement en état de choc.
– Que lui arrive-t-il ? demanda le vrai Eric.
– On ne sait pas, Jack, répondit Rita. Il doit être épuisé.
Elle marqua une pause en voyant mes copains.
– Qu'est-ce que vous fichez encore ici ? s'emporta-t-elle.
Je désignai Josh dans le corps du proviseur :
– M. Blanco a changé d'avis. Il pense que nous devrions rester sur le tournage, car le métier d'acteur est très instructif.
Soudain le talkie-walkie de Rita grésilla : « Rita ! Reviens vite ! Les araignées se sont échappées ! »
– Oh ! la catastrophe !
Pasha déposa le faux Eric sur une chaise, et Rita s'adressa à Josh :

– Monsieur le proviseur ? Pourriez-vous surveiller Eric en mon absence ?
– Aucun problème, répondit Josh.
– Pasha, reprit-elle. Viens m'aider à récupérer ces satanées bestioles !

Ils repartirent au pas de course vers le gymnase. Dès leur départ, tout le monde reporta son attention sur Blanco piégé dans le corps d'Eric. Il avait le regard vide et la mâchoire pendante.

– Qu'est-ce qu'il a ? s'inquiéta Eric.
– Il n'a pas dû apprécier d'être couvert de tarentules velues, dis-je.
– C'est vrai ! s'exclama Eric. On devait tourner cette scène aujourd'hui ! Je comprends mieux votre manège ! Et qu'est-ce qu'on fait maintenant ?
– On devrait attendre que le proviseur reprenne ses esprits, suggéra Eric.
– Pas question ! dit Josh. Il va nous tuer !
– Bien, conclus-je. Si on fait les transferts de corps, c'est tout de suite ou jamais !

27

Vlan ! Eric, qui était dans mon corps, passa dans celui du proviseur. Maintenant, Blanco était dans le mien.

Vlan ! On transféra Josh dans le corps de Blanco. Josh était à nouveau lui-même et j'étais dans le proviseur.

Re-vlan ! On refit l'échange entre le proviseur et moi-même.

À présent, chacun avait récupéré son corps. Nous étions tous un peu sonnés après les transferts. Surtout Blanco, qui était toujours affalé sur sa

chaise, blanc comme un linge, les yeux hagards.
— Et maintenant ? demanda Andy.
— On file d'ici en vitesse ! ordonnai-je.
On quittait la caravane quand Rita arriva au pas de course.
— Eric ! s'exclama-t-elle. Je suis ravie de te voir à nouveau en pleine forme. Il reste quelques plans à tourner avec les tarentules. Tu es prêt ?
Eric passa la main dans ses cheveux :
— J'arrive, Rita chérie. Accorde-moi juste une minute.
Il se tourna vers moi :
— Merci, Jack, de m'avoir redonné envie de jouer la comédie.
— Ravi de t'avoir rendu service. Et désolé d'avoir un peu tardé à te rendre ton corps.
À cet instant, cinq groupies fondirent sur lui pour réclamer des autographes. Il les gratifia de son fameux sourire :
— C'est normal, Jack. Je te comprends.

Le soir même, je regardais la télé quand mes parents entrèrent au salon. Ils avaient l'air préoccupé.

– Tu as vu ta sœur? demanda mon père.
– Elle n'est pas encore là, s'inquiéta ma mère. C'est anormal. Elle prévient toujours quand elle doit rentrer après dix-neuf heures.
Au même instant, la porte d'entrée claqua et Jessica apparut, les yeux dans le vague.
– Ça va, Jessica? demanda mon père.
Elle hocha lentement la tête.
– Tu es sûre? insista ma mère. Tu as l'air bizarre.
– Eric m'a emmenée faire un tour en limousine, répondit-elle d'un air rêveur. Il m'a fait visiter son jet privé. Et puis, Eric…
– Quoi, Eric? demanda mon père.
– Il m'a pris par la main! s'exclama-t-elle en fonçant dans sa chambre.
– Je ne comprends pas, s'étonna mon père.
– Moi si, sourit ma mère.
– Et toi, Jack? demanda mon père.
– Il n'y a rien à comprendre, fis-je en haussant les épaules. Ce sont des trucs de filles.

28

Le tournage se poursuivit encore pendant une semaine. Au fil des jours, le nombre des groupies diminua. Et quand ils eurent fini de tourner les scènes des vestiaires, pratiquement plus personne n'attendait dehors.
Une après-midi, mes copains et moi étions en train de jouer au basket dans mon allée.
– J'ai croisé Amanda Gluck, annonça Andy. Elle a fini par effacer l'autographe d'Eric Lake sur son front.
– Oui, mais j'ai entendu dire qu'elle s'était fait prendre en photo avant de l'enlever.

– Hé, regardez ! s'exclama soudain Andy.

La limousine blanche venait de s'arrêter devant la maison. Eric en sortit.

– Salut, les gars. Ça roule ?

Je lui lançai la balle, et il l'envoya directement dans le panier.

– Tu ne nous as jamais expliqué pourquoi tu es si bon au basket, dis-je.

Eric remit sa mèche en place d'un geste machinal.

– Deux joueurs de l'équipe des Lakers de Los Angeles possèdent une villa à côté de la mienne. Ils m'ont appris quelques trucs.

– Tu fais une petite partie avec nous ? demanda Josh.

– Désolé, les gars. Je repars aujourd'hui pour Los Angeles. On doit tourner les scènes de la maison hantée. Je suis passé vous dire au revoir.

Il nous serra le main et allait regagner sa limousine quand Josh l'interpella :

– Hé, Eric !

– Oui ?

– Ça te dirait de faire un film où tu échangerais ton corps avec des ados comme nous ?

Il réfléchit un instant et secoua la tête :

– Désolé, c'est impossible.
– Pourquoi pas ?
Eric répondit avec son célèbre sourire :
– Parce que personne n'y croirait !

FIN

Impression réalisée sur CAMERON par

BRODARD & TAUPIN

GROUPE CPI

*La Flèche
en février 2001*

Imprimé en France
Dépôt légal : janvier 2001
N° d'Éditeur : 6610 – N° d'impression : 6009